NAVYBOOT

shoes

clothing

leather goods

luggage

glasses

WBG Zürich

Swiss Label

Das Buch der Kolumnisten

Die besten Texte der
«Nacht der Kolumnisten»-Tour 2002

Herausgegeben von Hans Georg Hildebrandt

Inhalt

6   Ein paar Worte von Linus Reichlin
9   Zum Geleit

11   Die Autorinnen und Autoren

Richard Reich
17   Der schöne Sommer
20   Ich gestehe
23   Schwimmen

Christoph Schuler
27   Der Stör
28   Alles futsch
30   Bäckerei Züllül
32   Postkarte

Katja Alves
37   Schwarze Barken
39   Familienferien im Toggenburg
42   Teufelsdinger

Bänz Friedli
45   Pendlerregel Nummer 1
46   Bestes Theater
47   Pendeln stinkt!
48   Zürich bleibt nicht 01
49   Jeannettli muss caca
50   Forza Ambrosetti

Jean-Luc Wicki
53   Kristall und Erdhaufen
54   Win-Win
56   Elektroschock!
58   Cola in Glasflaschen

Linus Reichlin
61   Aerger mit der Polizei
63   Herbstliche Depressionsfront
65   Solidarität mit Habib Schamun!
67   Kugellagers lautes Stöhnen

-minu
71 Crèmeschnitte
73 Der Witz
75 Kleinkriege

Hans Georg Hildebrandt
79 Capuns in Neujork
83 Beichtstuhlmusik
84 Ende der Zwischenkriegszeit

Gisela Widmer
87 Stau
89 Juckjacke
90 Alterskult

Max Küng
93 Bart, Teil 1–4
95 Eine was? Ich?
97 Weisser Kittel, Angst

Ernst Solèr
101 Auch Kleingeld macht reich
102 Jubeln über den Crash
103 Nicht unter 30!
105 Rauchen nützt dem Depot
106 Her mit den Bieraktien!

Thomas Widmer
109 Die trockene Gefahr
110 Geliebter Stosstrupp
112 Käse-Stress

Gion Cavelty
114 Kolumnen aus dem okkulten Chur

Hans Georg Hildebrandt
120 Kanon on Demand – wie dieses Buch entstanden ist.

Über die Schweizer Kolumne

1

1970: Die Schweiz ist in aller Welt berühmt für Uhren, Käse, Schokolade. 2002: Die Schweiz ist berühmt für Uhren, Käse, Schokolade und Kolumnen.

2

Kurze Geschichte des schweizerischen Nationalprodukts Kolumne. Man unterscheidet hinsichtlich der Entwicklungsgeschichte der schweizer Kolumne zwischen
a) der prä-kolumnischen Phase (ca. 1968–1978)
b) den so genannten «Gründerjahren» (ca. 1978–1994) und
c) der Jetzt-Zeit, die auch «Epidemische Phase» oder, etwas wohlwollender, «Ära der Hoch-Kolumne» genannt wird.

Über die prä-kolumnische Phase war lange Zeit wenig bis nichts bekannt. 1992 aber entdeckte der Kolumnenforscher Prof. K. Gessner in den Archiven der «Annabelle» Schädelfragmente, die zweifelsfrei einem frühen Kolumnisten zugeordnet werden konnten. Dieser «Homo Werner Wollenbergensis» genannte Frühkolumnist beherrschte bereits erste primitive Techniken des Kolumnen-Schreibens: das Nagen an Kugelschreibern sowie das Starren auf weisse Flächen.

In den darauffolgenden «Gründerjahren» tauchen erstmals neuzeitliche Kolumnisten auf, deren Körperbau und Schreibstil dem der heutigen Kolumnisten schon verblüffend ähnlich ist. Wieder ist es Prof. K. Gessner zu verdanken, dass wir bezüglich der «Gründerjahre» sogar einige Namen kennen. So scheint ein Jürg Ramspeck äusserst produktiv gewesen zu sein, und von einem Viat Jacques de Koboff wissen wir sogar, dass es sich bei ihm um eine Frühform des modernen V. Giacobbo handelte. Erstmals versuchen sich in den «Gründerjahren» auch Frauen in der schwierigen Disziplin des Kolumnen-Schreibens. Als einigermassen geglückt gelten die Versuche einer Marianne Fehr.

3
Die Jetzt-Zeit. In seinem Standardwerk «Warum gibt es in der Schweiz heute mehr Kolumnisten als sonst wo im deutschsprachigen Raum?» weist Prof. K. Gessner schlüssig nach, dass die Schweizer es für dekadent halten, schon morgens fernzusehen. Deshalb greifen sie zur Zeitung. Weil sie aber im Grunde lieber fernsehen möchten, suchen sie in der Zeitung fernsehähnliche Unterhaltung, und die Kolumne bietet ihnen genau das. Diesen Erkenntnissen ist praktisch nichts mehr hinzuzufügen.

Linus Reichlin

Zum Geleit

Die Idee kam von Linus Reichlin, damals noch unter dem Label «Moskito» bei der Weltwoche tätig: Eine «Nacht der Kolumnisten» im Miller's Studio, das wäre doch unterhaltend, vor allem für die Kolumnisten.
Der Anlass wurde dann unter Mithilfe des Miller's-Kuratoriums durchgeführt, erstmals im Herbst 2001, ein zweites Mal im Frühling 2002. Nachdem sich alle Mitwirkenden davon überzeugt hatten, dass es für diesen Anlass auch ein Publikum gibt, hatte Reichlin die Idee, dass man mit dem Anlass auf Tournee gehen könnte. Ein Tross von euphorisierten Schreibkräften schloss sich dem charismatischen Leader an und begab sich auf die Mission, toten Buchstaben schweizweit zum Leben zu erwecken. Eine ambulante Schmunzelecke in Potenz, gewissermassen.
Im Herbst 2002 besuchte die «Nacht der Kolumnisten»-Tour die Städte Basel, Bern, Chur, St. Gallen und Luzern. Das vorliegende Buch ist das Dokument dazu, und im Namen aller Vortragenden wünsche ich Ihnen viel Freude bei der Lektüre und einen vertieften Einblick in die kolumnenverarbeitende Industrie der Schweiz.

Hans Georg Hildebrandt

Richard Reich Christoph Schnier Katja Alves Béatrice Fraefli Jean-Luc Wicki Linus Reichlin mimu Hans Georg Hildebrandt Gisela Widmer Max Küng Ernst Soler Thomas Widmer

Richard Reich

Richard Reich wurde 1961 im Kanton Bern geboren. Mittel- und Fußballschule in Zürich. Abgebrochene Studien in Schauspiel und Geschichte in Wien und Zürich. Richard Reich arbeitete 13 Jahre als Sport- und Kulturjournalist bei der NZZ, Facts und dem Magazin und wurde mit dem Zürcher Journalistenpreis 2000 für die Kolumne «Elf Freunde müsst ihr sein» ausgezeichnet. Richard Reich war bis vor kurzem Leiter des Literaturhauses der Museumsgesellschaft in Zürich und arbeitet heute als Schriftsteller und freier Journalist.

Christoph Schuler

1954 in Zürich geboren. Buchhändlerlehre abgebrochen, um Strassentheater und Drogenerfahrungen zu machen, dann kurze Karrieren als Baureiniger, Vergolder, Kosmetikvertreter, Archivar und Testperson für medizinische Experimente. Mitarbeit bei verschiedenen Unter- und Hintergrundzeitschriften (Stilett, Strapazin, WoZ, AHA!, Nizza). Wohnt in Zürich, arbeitet als Scriptwriter für Comiczeichner, Songtexter, Slam-Poet, Journalist. Regelmässige Kolumne im Tages-Anzeiger.

Katja Alves

Geboren in den Sechzigerjahren in Coimbra (Portugal), arbeitete Katja Alves als Flugsicherungs-Assistentin, Konzert-Veranstalterin, Buchhändlerin und Musikredaktorin. Heute schreibt sie für Radio DRS Comedy-Serien und Kinderhörspiele und ist als freie Journalistin für verschiedene Printmedien tätig: Kolumnen im Ernst, Wir Eltern und beinahe im Meyer's. Weitere journalistische Tätigkeitsfelder sind Denkmalpflege, Psychiatrie,

Kunstausstellungen, Drogenprävention, Pferdewetten, lusitanische Poesie und Themen aus dem Alltag: «Ich schreibe, damit ich in meiner Freizeit kein Fitness-Studio aufsuchen muss.» Katja Alves lebt mit ihrer bald fünfjährigen Tochter in Zürich.

Bänz Friedli

Wöchentlich stellt Bänz Friedli, 37, in der Zürcher Ausgabe der Zeitung 20 Minuten Pendlerregeln auf: Hass- und Liebeserklärungen an den öffentlichen Verkehr, Beobachtungen eines Pendlers zwischen der schillernden Möchtegernweltstadt Zürich und dem tristen Industrie-Vorort Schlieren. Pendlerregel Nummer 15 lautet: «Ich pendle, also bin ich.» Friedli pendelt seit 27 Jahren, zuerst zwischen Uettligen und Bern, dann zwischen Bern und Zürich, heute als Hausmann und Kulturredaktor des Nachrichtenmagazins Facts zwischen Schlieren und Zürich.

Jean-Luc Wicki

Wurde schon in der frühen 80ern mit der ersten gestalterischen Entscheidung eines Schreiberlings konfrontiert: Geha- oder Pelikan-Füller? Wicki schrieb seine ersten Texte mit einem Pelikan. Weitere Fragen im Leben des Baslers: Beruf oder Familie? Er entschloss sich für beides, schreibt Kolumnen für die «Schweizer Familie» und «Fritz und Fränzi». Mit dem perfekten Gesicht fürs Radio entschied er sich für den Moderationsberuf, zuerst bei einem Basler Lokalradio, seit 1994 bei Radio DRS (u.a. DRS3-Hitparade und -Superboss, momentan Virus-Morgenshow).

Linus Reichlin

Linus Reichlin war Werbetexter, dann Schmuckdesigner. Auf der Flucht vor gewissen Schweizer Behörden lebte er lange in Portage La Prairie, Kanada. Arbeitet seit 1986 als Journalist. Einige seiner Reportagen haben Eingang in deutsche Schulbücher gefunden. Reichlins seit 1997 in der Weltwoche erscheinende Kolumne «Moskito» hat nicht nur in der Schweiz eine grosse Anhängerschaft. Seit Sommer 2002 erscheint seine Kolumne «L.R. Confidential» in Facts.

-minu

Als Hanspeter Hammel 1947 in Basel geboren. Besuchte nach dem Gymnasium die Journalistenschule der National-Zeitung, die ihn nach als ständigen Mitarbeiter anstellte. Seit 1971 publiziert er dort die erste lokale Klatschkolumne im Schweizer Journalismus. -minu schreibt vor allem Glossen und Kurzgeschichten für diverse Schweizer Zeitungen. In der Basler-Zeitung schreibt er die «Mittwochs-Glosse» sowie ein Tagebuch. Gast-Kolumnist für Sonntags-Zeitung, Annabelle, Cash und Weltwoche. Seit drei Jahren hat -minu eine TV-Sendung auf Tele-Basel, den «Kuchiklatsch». Lebt mit seinem Freund, einem Basler Anwalt, in Basel, Rom und im Elsass.

Hans Georg Hildebrandt

Geboren 1966 in Zürich, wo er immer noch lebt. Seit Ende der Achtzigerjahre des letzten Jahrhunderts als Schreiber tätig für Werbeagenturen, Ausgehmagazine, Wochenzeitungen, Firmenpublikationen, Sonntagszeitungen und Im-Zug-rumlieg-Blätter. Kolumnen in der Annabelle, der Schweizer Woche, der Illustré, der

Berner Zeitung sowie in den von ihm geführten Magazinen Forecast und Sputnik. Schreibt für die Sonntagszeitung und betreut für verschiedene Unternehmen ihre Firmenzeitschriften. Kolumniert guerillamässig auf Anfrage. Ist Vater eines kleinen Tim.

Gisela Widmer

Lebt in Luzern und Indien und glaubt, sie sei zu ihrem eigenen und zum Vergnügen der anderen auf der Welt. 1958 in Luzern geboren, arbeitete sie ab 1978 als Journalistin und Redaktorin bei verschiedenen Medien, war Hausautorin am Stadttheater und veröffentlichte mit 25 ihr erstes Buch («Clara Wendel – Gaunerweib und Flammenzauberblick»). War während vier Jahren Südasien- und während elf Jahren Grossbritannienkorrespondentin u.a. für SR DRS. Parallel schrieb sie Kolumnen, die in drei Sammelbänden und einem Hörbuch bei Zytglogge erschienen sind. Seit 2001 ist Gisela Widmer freie Autorin, Kolumnistin und Dozentin («kreativ schreiben»). Unter anderem ist sie Kopf und Stimme der Satiresendung «Zytlupe» von SR DRS.

Max Küng

Meine Frau, die ich noch nicht geheiratet habe, dies aber sicher noch tue, ist Bündnerin. Und dementsprechend ist mein Auto, das ich eben gekauft habe, ein Audi Quattro. Die Ledersitze sind grau und er braucht von 0 auf 100 km/h 6,7 Sekunden. Ich habe ihn vor einem Monat von einer freisinnigen Bieler Gemeinderätin gekauft. Das Geld dafür habe ich durch einen Preis bekommen, der sich Swiss Travel Writer Award nennt. 10 000 Franken. Herr Dosé hat mir den Check überreicht. Es hat mich gewundert, dass er nicht geplatzt ist – der Check.

Ernst Solèr

Geboren 1960 in Männedorf. Autor der wöchentlichen «Max Kleinreich»-Kolumne in Cash. Mitte Oktober 2002 erschien im WOA-Verlag sein zweiter Roman «Der Problemlöser». Handelt von Liebe und Beziehungsdebakeln, Fussball, Zürich und Afrika. War lange Jahre TV-Journalist, realisierte für 3sat und SF DRS den Dokumentarfilm «Hans Falk - Maler des Lichts». Derzeit lebt er als Journalist bei Cash, Autor, Zeitschriftenspiel-Konzeptor und Hobby-Gitarrist in Zürich. Vater einer neunjährigen, erfreulich frechen Tochter.

Thomas Widmer

Ist 40, hat Neuere Vorderorientalische Philologie und Islamwissenschaft studiert. Brach auf Grund einer Universitätsdepression nach dem Lizenziat mit der Wissenschaft. Momentan ist Widmer Reporter bei Facts, zuvor schrieb er als Kritiker vor allem über Literatur. Manchmal verfasst er Reden, einer der Politiker, für die er arbeitete, wurde inzwischen abgewählt. Verkörpert als Ausgleich in Gion Caveltys «Literaturshow» die sprechende Topfpflanze Marvin.

Gion Cavelty

Schriftsteller, Jahrgang 1974, geboren und aufgewachsen in Chur. Romane unter anderem: «Quifezit oder Eine Reise im Geigenkoffer», 1997, «Endlich Nichtleser», 2000, beide erschienen im Suhrkamp-Verlag. Theaterstücke, Texte für Printmedien, Radio und TV. Moderator einer eigenen Literaturshow im «Moods» im Schiffbau Zürich. Alles weitere unter www.nichtleser.com.

Richard Reich Christoph Schuler Kuģa Alves Bünz Frecili Jean-Luc Wicki Linus Reichlin mimi Hans Georg Hildebrandt Gisela Widmer Max Küng Ernst Sohr Thomas Widmer

Der schöne Sommer

Dieses ist sicher der schönste Sommer, seit es im Mittelland Palmen gibt. Die Menschen auf den Strassen lachen sich zufrieden an. Sie fahren gelbe Sportwagen oder rote Fahrräder und steuern gern auf schattige Gastgärten zu. Im alten Strandbad schlafen Männer entspannt auf Börsenblättern ein. Die Frauen sprühen sich mit Plastik-Blumenbefeuchtern frische Wasserperlen auf die Haut. Die Kinder geniessen die Ruhe zwischen dem letzten Harry-Potter-Film und der nächsten Sony-Spielkonsole. Hoch am Himmel ziehen Ferienflugzeuge zwischen kreisenden Schwalbenschwärmen südwärts. Auf dem See fahren Schiffe hin und her. Wie wenn all Tag Sonntag wär.

Ich persönlich lehne solche Tage ab. Ich bin der Meinung, dass so ein makellos schöner, fast mediterraner und seinem Wesen nach doch zutiefst schweizerischer Sommertag zwangsläufig zu einem physischen Formtief und zu mentalem Realitätsverlust führen muss. Früher oder später tangiert die anhaltende Hitze den individuellen Trainingsplan. Spätestens um die Mittagszeit sind auch die letzten Reste von politischen Standpunkten, sozialem Empfinden und ökologischem Verhalten dahin, wie überflüssige Schweisstropfen aus Kopf und Körper gepresst. Zurück bleiben Menschen ohne Eigenschaften. Ihr einziges Problem besteht bis zum Einnachten darin, dass man sogar im längsten Sommer irgendwie nicht immer nur Tomaten mit Mozzarella essen kann.

Will sich der Mensch an so einem so genannten Jahrhundert-Sommertag nicht innerlich kompromittieren, muss er mit harten Kontrastmitteln arbeiten. Das Einfachste ist die konsequente Schwarzmalerei: Tritt man auf die sonnenüberflutete Strasse, muss das Auge sofort nach etwas Negativem suchen. Und wer wirklich genau hinschaut, erkennt noch im anmutigsten Umfeld die unmissverständlichen Vorboten des bevorstehenden Untergangs. Auf meinem heutigen Spaziergang sehe ich, kaum aus der

Haustür, zum Beispiel eine ausfliessende Quecksilber-Batterie im Rinnstein liegen. Am Bahnhof registriere ich ein deutlich erhöhtes Alkoholiker-Aufkommen. Dann setze ich mich mit einem überzahlten und schlecht gekühlten Heineken-Bier, das die einheimischen Brauereien verdrängt, vors Strand-Café. Aus unerfindlichen Gründen kommt hier alle 45 Minuten ein Radrennen vorbei. Zu den ersten Ausreissern gehört ein hoffnungsvolles Nachwuchstalent des sympathischen Swiss Post Teams. Diese Radsportmannschaft wird demnächst genauso aufgelöst, wie irgendwelche Rationalisierer jene Provinzpostämter schliessen wollen, wo landläufige Velotouristen seit Generationen Sommer für Sommer ihre nach Heu duftenden Ansichtskarten aufgeben.

Zwischen den Durchfahrten des Velorennens lese ich in der Zeitung. Ein Blick in den Sportteil beweist, wie sehr das anhaltende Sommerwetter auch dem Schweizer Fussball schadet. Die grosse Hitze brennt Löcher in die Seele der Menschen, bis selbst der Gütigste dunkle Seiten offenbart. So hat der vorbildliche Captain des FC Zürich bei 32 Grad Celsius gezielt nach einem Sportkameraden getreten. Das gleiche sittliche Missgeschick unterlief offenbar einem Walliser, der später ökologischer Weinbauer werden will. Zur selben Stunde beschimpfte der Trainer der Berner Young Boys, im Grunde die Gelassenheit in Person, während eines so genannten Freundschaftsspiels derart flegelhaft eine Dame, dass diese den Mann fortschicken musste (zumal es sich bei der Frau um die Schiedsrichterin handelte). Sogar die Freunde des FC St. Gallen, von denen man sagt, dass sie die treuesten seien, gerieten gestern im schattenlosen Espenmoos ausser sich. Sie schmähten ihre Idole und lobten deren Feinde, bis keiner mehr wusste, wes Klubes Kind er war.

Weniger leicht als in der drückenden Stadt oder in einem engen Stadion lässt sich in Gottes freier Natur und schon gar in der schweizerischen Bergwelt von der penetranten Schönheit eines makellosen Sommertags abstrahieren. Steht man mit freiem Blick am Gipfelkreuz, ist das Schwarzmalen leichter gesagt als getan.

Zwar schmelzen die Gletscher wegen der Umweltverschmutzung immer schneller, aber sie tun es doch immer noch zu langsam, als dass man ihnen dabei zusehen könnte. Und auch unsere Flugwaffe hat ihre Aktivitäten mittlerweile in einem Masse reduziert, dass heutzutage eher Mitleid als Ärger aufkommt, wenn einem auf der Alp so ein kleiner Überschallknaller begegnet.

Zum Glück weiss sich ein sensibler Organismus im Notfall selber zu helfen. Als ich diesen Sommer einmal zuoberst auf dem Torrenthorn stand, umgeben von nichts als Gämsen, Viertausendern und anderen Protagonisten von Postkarten-Idyllen, da schien, ob so viel Pracht, plötzlich nur noch die Kapitulation möglich. Eben wollte ich, wie einst Voltaires Candide, reumütig «Es ist in unserem Leben halt doch alles zum besten bestellt!» ins Tal hinabrufen – da durchfuhr mich ein Schmerz, grell wie ein Blitz, und schon war das Schlimmste abgewendet. Im richtigen Augenblick hatte mich mein zweitletzter Stockzahn hinten oben rechts, also (für Fachleute) der Sechser im ersten Quadrant, aus der estatischen Ekstase in die nüchterne Realität zurückgeholt. Für den Rest des Aufenthaltes war ich von jeder Lebenslust geheilt und mit Zahnarztbesuchen, Röntgenbildern, Wurzelbehandlungen und Ratenzahlungen beschäftigt.

Und ich wusste wieder, was der Mensch so leicht vergisst: Es geht bergab mit uns. Und sei dieser Sommer noch so schön.

Erschienen in der NZZ am 28. August 2001

Ich gestehe

Jeder hat seine perversen Neigungen. Der eine klaut im Dunkeln Parkverbotschilder, der andere schaut hinter dem Vorhang der Nachbarin beim Karottenschälen zu. Derlei ist allerdings nichts gegen meine Abartigkeit. Die schlägt jedem Fass den Boden aus. Wann genau es bei mir damit begann, ist im Nachhinein schwer zu sagen. Und erst recht, warum. Meine Psychoanalytikerin meint, es habe wohl etwas mit frühkindischer Prägung zu tun. Mein Pfarrer hingegen hält es für angeborene Bussfertigkeit. Und mein Chef sagt, ihm sei alles wurscht, solange ich es im Geheimen mache. Letzteres ist aber leichter gesagt als getan. Mein Laster ist nämlich eine per se sehr öffentliche Variante von Voyeurismus. Ich kann ihm ausschliesslich coram publico und unter freiem Himmel frönen. Mein Laster braucht Protagonisten und Opfer. Und diese benötigen kantige Eisengeräte und dehnbare Lederware. Und einen Aufseher, der Einhalt gebietet, wenn die Sache zu sehr ausartet. Ja, ich gebe es also zu: Ich liebe schlechten Fussball. Ich bin süchtig nach katastrophaler Kickerei.

Genau wie die meisten landläufigen Hobbies erfordert auch die Pflege dieses sozusagen nekrophiligranen Fussballvergnügens erheblichen Aufwand. Während der normale Sportfreund seine Dutzendware via TV ins Haus geliefert bekommt (alle 48 Stunden ein Bayern-Match, jeden Abend ein Nachtragsspiel), muss ich mir meinen Stoff mühsam zusammensuchen. Mir bleibt nämlich nichts anderes übrig, als Sonntag für Sonntag entweder ins Vierer-Tram oder in den Dreizehner zu steigen und mein Glück aufs Geratewohl zu versuchen. Auf dem Hardhof oder auf dem Juchhof. Oder halt in der Allmend Brunau draussen.

Dort angekommen, genügt ein Blick auf die Schiefertafel am Eingang der Kabinenhäuschen, und schon schlägt mein Herz höher: SC Verkehrsbetriebe gegen FC Turbenthal. Oder: FC Wollishofen 3a gegen AC Palermo 1b. Oder: FC Bosna-Zürich gegen FC Lachen-

Altendorf. Nichts als potenzielle Knüller! Ein fussballerischer Tiefpunkt nach dem andern!

Was aber macht denn das Wesen eines so richtig schön schwachen, eines genuin oder genial schlechten Fussballspiels aus?

Nun, das schlechte Spiel beginnt immer damit, dass es nicht anfangen kann. Die Gründe dafür sind beliebig: kein Schiedsrichter da; die eine Mannschaft ist erst zu fünft; die Tore sind noch in verkehrter Richtung an den Gitterzaun gekettet. Und kein Mensch weiss, wo der Schlüssel ist. Vom Platzwart ganz zu schweigen.

Nach durchschnittlich zwanzig Minuten ist das Problem behoben, die Mannschaften stehen bereit. Der Captain von Team A gewinnt die Platzwahl und besteht sofort auf Seitenwechsel. Dies tut er nicht wegen der tief stehenden Sonne, sondern weil ihm immer noch zwei Mann fehlen.

Also gilt es schon vor dem Anpfiff auf Zeit zu spielen. Ergo vergeht die Startviertelstunde mit wilden Befreiungsschlägen ins seitliche Out, das heisst präzis dorthin, wo eine solide Brombeerhecke dem Gegner das konsequente Pressing erschwert. In der 25. Minute kommt ein Aussenverteidiger in Zivil angespurtet und fragt, wo denn der Kabinenschlüssel sei.

Wenig später betritt der gute Mann, tadellos umgezogen, das Feld und bringt auch noch den linken Flügel mit. Wodurch Team A also vollzählig wäre.

Dafür hat Team B jetzt mehrere Ausfälle zu beklagen: In Anbetracht der numerischen Unterlegenheit des Gegners war man recht siegessicher gewesen und hatte sich etwas unseriös aufgewärmt. Ergo leidet man jetzt an kollektiver Verhärtung.

Ausser dem Torhüter hat momentan niemand Zeit zum Fussballspielen, denn alle müssen stretchen. Inzwischen steht es übrigens zirka 4:4, und der Schiedsrichter pfeift zur Pause.

In der Pause trifft die übliche Handvoll notorischer Fans der beteiligten Mannschaften ein. Sie erzählen, dass sie bis jetzt versehentlich auf dem Juchhof 3 statt auf dem Hardhof 2 gewesen seien oder umgekehrt.

Der Captain von Team A frägt den einen Anhänger, ob er zufällig die Fussballschuhe dabei habe, weil nämlich der X heute Nachtschicht habe und schon wieder gehen müsse, desgleichen der Y mit seinem Neugeborenen zu Hause, langsam komme er sich schon mehr vor wie ein Portier statt wie ein Mannschaftsführer, und da rede der Presi auch noch ständig vom Aufstieg!

In der zweiten Halbzeit sind die Mannschaften schon ziemlich müde, was auf diesem Niveau sofort zu Ausschreitungen führt. Ein Aufbauer vom FC Croatia 4 zum Beispiel steigt mit krampfartig gestrecktem Bein in den Zweikampf. Er wird dafür vom Opfer, das einen gebrochenen Knöchel beklagt, «du Sauserbe!» geheissen, und so müssen beide vom Platz.

Bei einem Eckball geraten je zwei Spieler vom FC Italo Stauffacher und vom FC Industrie 2 aneinander. Sie spucken sich an, schimpfen sich «Asylbewerber», schlagen sich je zwei Zähne aus und müssen alle vom Platz.

In der Begegnung zwischen FC Polizei 3 und FC Thalwil 2 hingegen wird beim Stand von zirka 8:8 der Schiedsrichter verprügelt, weil er beiden Seiten nachweislich mehrere Elfmeter unterschlug. Eine halbe Stunde später ist der Referee fürs Erste wiederhergestellt und kann endlich nachspielen lassen. In der 109. Minute gelingt Thalwils massigem Vorstopper mit einer missglückten Flanke der Siegtreffer. Das ist auch darum so lustig, weil der glückliche Torschütze normal noch häufiger gesperrt ist als der sumpfige Rasen...

Die Thalwiler lachen sich halb tot, und die vom FC Polizei 3 toben, doch es nützt nichts, denn Entscheidung muss sein! Schlusspfiff. Man gibt sich die Hand, klopft sich auf die Schulter, geht zusammen auf ein Bier und hat sich jede Menge zu erzählen. Auch ich gehe jetzt nach Hause. Nach so einem ereignisreichen Sonntag brauche ich weder eine Sportschau noch den «Tatort». Und schon gar kein gutes Buch.

Erschienen in der NZZ am 9. Oktober 2001

Schwimmen

Morgen, so sagen sie, spätestens morgen sinkt die Schneefallgrenze bis..., oder sogar tiefer! Also gehen wir besser heute noch einmal schwimmen. Denn ehe man sich versieht, sind aus den Glacé-Verkäufern wieder Marronibrater geworden. Und aus der Mondscheinfahrt ein Fondue-Schiff.
In der hölzernen Badeanstalt ist nur scheinbar alles beim Alten. Beim genaueren Hinschauen sieht man, dass alle Blicke Schleier tragen. Wie ein erster Nebel hat sich die Melancholie über die Menschen gelegt: Ach, kaum sind wir leicht gebräunt, werden wir uns wieder bemänteln müssen! Kaum haben wir annähernd unser Fett abbekommen, füttert man uns wieder mit Vermicelles! Und schon liegt herber Sauser in der Luft. Und im «Wilden Mann» denken sie an den Metzger. Und in der Hohen Tatra lässt ein Reh sein Leben, weil sein Rücken zu den Schweizer Preiselbeeren muss.
Wer jetzt kein Eis hat, kauft sich keines mehr; wer jetzt nicht in den See springt, wird es nie mehr tun.
Das Schwimmen habe ich übrigens auf dem Rücken beziehungsweise auf dem Ricken gelernt. Die dort oben hatten damals so ein Tragluft-Hallenbad; da konnten wir Städter nur staunen. Aufblasbare Flügel kamen demgegenüber erst später in Mode. Deshalb ging der Vater auch gleich in medias res. Hinterrücks warf er mich vom Rand in die Wassermitte und beobachtete dann genau, was mit mir passierte. Ich meinerseits war etwas beleidigt und blieb, nicht faul, meiner Natur gemäss ganz einfach liegen. Und so sank ich, in aller Ruhe, rücklings tief und tiefer, bis mein Beckenboden den Beckenboden spürte.
Nach einer Weile aber war die Luft draussen, und es wurde mir doch zu langweilig dort unten. Heftig winkte ich dem Vater mit beiden Armen, dass er mich holen komme. So lernte ich, wie von selber, den Rückenschwumm.

Nun ist der Rückenschwumm, so sagt man, an sich die gesündeste Fortbewegungsart. Doch wie dem auch sei: Da mag der Rheumatologe darob noch so jubilieren, in der Praxis ist man damit todgeweiht. Man nehme nur den Zürichsee! Wer sich hier nicht vorsieht und nicht ständig vor sich sieht, wird versehrt, ehe er sich versieht. Das klingt wie ein Wortwitz, ist aber bitterer Ernst. Auf dem Zürichsee geht es zu wie auf einer Kreuzung zwischen Tiefgarage und Autobahn. Was da ständig beschleunigt, überholt und ausgebremst wird! Eine Jacht jagt erbarmungslos die andere, ausser wenn gerade ein Kursschiff eine Schneise ins Getümmel pflügt. Und dazwischen parken ein paar Tausend Pedalos. – Wie, bitte, soll da noch einer rückenschwimmen?

Also schwimme ich grimmig Brust. Immerzu vorwärts. Immer schnurgeradeaus: immer im rechten Winkel vom Seeufer weg, und immer präzis 200 Züge weit. Denn genau nach 200 Zügen Brustschwumm kommt mir immer in den Sinn, dass ich hier, genau hier, inmitten von nichts als ein paar Milliarden Kubikkilometer Wasser, auf der Stelle einen Herzinfarkt bekommen könnte. Und dass mir natürlich keiner helfen würde. Und dass ich darum kläglich absaufen würde. Und dann irgendwo zwohundert Meter tiefer zwischen glitschigen Pfahlbauten vermodern würde. So ist das Sitte auf dem Zürichsee.

Ich drehe also ab und um und schwimme, nun mit einem leichten Rechtsdrall (die Strömung hat mich etwas abgetrieben), wieder der alten Badeanstalt zu. Je näher ich komme, desto genauer erkenne ich die ortsüblichen Gesichter. Rechts sehe ich zum Beispiel Stefan, einen Literaten, der auch um Mitternacht noch seine abgedunkelte Brille trägt. Unweit davon sitzt Remo, ein Sportjournalist, der gerne Verwaltungsrat werden möchte. Etwas weiter links steht Barbara und überlegt sich, ob sie (bei womöglich unter 20 Grad!) nicht lieber ins Hallenbad gehen soll. Und noch weiter links, ist das nicht…? – aber da schaue ich auch schon wieder weg. Dort drüben beginnt nämlich die reine Frauenabteilung. Und wie, bitte, sieht das denn aus, wenn es mir bei jedem Auftauchen den

Kopf verdreht?! Noch zwei Züge, und ich habe den Steg erreicht. Höchste Zeit!, ruft mir Anna, die alte Bademeisterin zu, wir schliessen bald!
Aus Westen ziehen jetzt Wolken auf. Wann wechselt eigentlich die Zeit?, fragt Stefan, wie immer ein wenig desorientiert. Bevor ich noch antworten kann, beginnt es zu schneien. Mit einem letzten Seufzer ist der Sommer dahin. Der See friert zu. Und schon heute Abend werden wir die erste Kerze anzünden.

Erschienen in der NZZ am 4. September 2001

Richard Reich **Christoph Schuler** Katja Alves Eanz Friedli Jean-Luc Wicki Linus Reichlin mimi Hans Georg Hildebrandt Gisela Widmer Max Küng Ernst Soler Thomas Widmer

Der Stör

Du willst bloss an meine Eier,
sagte zum Fischer der Stör,
doch damit hats jetzt ein Ende,
ich sag Adieu, Schwarzes Meer!

Mein Name ist zwar Beluga,
doch lass ich mich nicht mehr belügen.
Mich dürstet nach sauberem Wasser,
denn ich will Kinder kriegen.

Der Fischer: Du willst nach Schottland?
Dort heissen die Leute Mac,
dein Betriebssystem aber ist Windows,
da bist du vom Fenster weg!

Ach, quatsch nicht so einen Unsinn,
blaffte verärgert der Stör,
mein Laich liegt ab jetzt nicht auf Tellern,
der besucht die Ecole superieure!

Und er pfeilt mit bebenden Kiemen
durch des Wassers schmutziges Blau.
Fast wie eine Büchse Kaviar,
nur schmaler, länglich und grau.

Alles futsch

Sassen wir doch kürzlich um den Jassteppich, David, Max, Tschüge und ich, aber irgendwie wollte einfach keine Stimmung aufkommen. Lag es an Max' nicaraguanischer Zigarrenimitation, die im Aschenbecher vor sich hin kokelte? Mit düsterem Blick auf die Karten stiess Max, einst erfolgreicher Broker, der sonst stets einen männerfreundlichen Witz auf Lager hat, zwischen den Zähnen hervor: «Das wars dann wohl. Fertig, aus, alles futschikato.» David versuchte ihn zu trösten: «Na, so schlecht kann dein Blatt ja nicht sein, oder?» Da brach es aus Max wie die Elbe in Dresden: «Neue Märkte! New Technologies! Alles am Arsch! An der Bahnhofstrasse hat mir doch tatsächlich so ein Lausebengel seinen Palmtop nachgeschmissen! Wollte wohl meine Guccischlarpen treffen, der Saukerl. Aber was kann ich dafür, dass seine Aktien im Keller sind?! Auch ich hab doch auf Versicherungen gesetzt! Und wer kann sich Obligationen leisten? Ich krieg nicht mal welche angeboten!» Mit einem zerfetzten Seidenfoulard – bedruckt mit optimistischen SPI-Fever-Charts – wischte er sich die Nase, erst jetzt bemerkte ich, dass die Manschetten seines Prada-Anzuges arg fadenscheinig waren. Und wo war seine von Andy Warhol siebgedruckte Platin-Swatch hingekommen? Tschüge, bis vor kurzem Inhaber einer Bude, in der man sein Handy tiefer legen lassen konnte, danach persönlicher Sekretär eines Hedge-Fund-Fundis, heute zweiter Ersatz-Ringrichter an der Briefmarkenbörse, liess sich von der miesen Stimmung mitreissen: «Ach Jungs, meinen BMW musste ich gestern bei einem albanischen Drogenhändler gegen eine Packung Kopfwehtabletten eintauschen, die Kreditkarten nützen mir nichts mehr, seit ich mir kein Koks mehr kaufen kann, und mit dem Erlös aus dem Penthouse bezahlte ich meine kolumbianische Putze, dabei habe ich ihr noch vor kurzem einen Swissair-Trolley geschenkt, den sie vermutlich mit sattem Gewinn ihrer Kundschaft im Kreis 5 weiterverkauft hat!»

«Quatsch», mischte sich nun auch David ins Gespräch, «die coolen Kids in Züri-West nagen auch schon alle am Fabric-Frontline-Hungertuch! Oder wieso meinst du, kriegt man am Flohmarkt spottbillig kabellose Mäuse im Paloma-Picasso-Design? Und Freitag-Taschen werden aufgetrennt und als Lastwagenblachen angeboten. Aber keiner kauft mehr, alle sitzen auf ihrem Geld! Hätte ich doch bloss dieses Termingeschäft mit den Al-Calida-Pyjamas getätigt, als es noch Zeit war!» Armer David, jahrelang hatte er Geld gescheffelt mit seinen Newsletters, Managermagazinen und Börsentipp-Zeitschriften, geblieben war ihm davon lediglich ein fotokopiertes Heftchen, in dem er Ratschläge gibt, wie man sich an Bungee-Jumping-Seilen erhängen kann, ohne ins alte Elend zurück geschnellt zu werden. Tja, der Abend war gelaufen. «Vielleicht», warf ich in die Runde, «legen wir die Karten weg und spielen Monopoly?» Max explodierte. «Du willst wohl Krieg!?», schrie er mich an, hielt dann inne und meinte, Krieg sei vielleicht keine schlechte Idee, denn dann würden seine Rüstungsaktien boomen. Aber just in diesem Moment verkündete die Breaking-News-Leiste auf CNN, dass Saddam zum Einlenken bereit sei. Es war zum Weinen. Glück für mich, denn ich habe mein Geld in erstklassigem Bordeaux angelegt.

Erschienen im Tages-Anzeiger, Oktober 2002

Bäckerei Züllül

An der Zürcher Langstrasse führt der türkischstämmige Schweizer Omar Züllül (gespielt von Mathias Gnädinger), zusammen mit seiner Frau Nella (Martinetti) einen Nachtklub, der aus Gründen des Jugendschutzes mit «Bäckerei» angeschrieben ist. Obwohl das Lokal kurz vor dem Konkurs steht, unterstützt Omar grosszügig seinen ältesten Sohn Kemal (Martin Schenkel) und dessen nicht minder bankrotte Fahrradgabeln-Fabrik, seinen jüngeren Sohn Hanif hingegen (DJ Bobo), der Wirtschaftsgymnastik studiert, hält er kurz. Als Hanif dann auch noch Saafira (Michelle Hunziker), die blitzgescheite Stieftochter des lettischen Trödlerpaares von nebenan (Michael von der Heide und die Schmirinskis) heiraten will, kommt es zum offenen Zwist. Zudem ist Saafira schwanger, aber nicht von Hanif, sondern von Semir (Samir), einem Take-Away-Koch, der sich längst nach Florida abgesetzt hat und darum im Film gar nicht auftaucht. Hanif und Saafira heiraten heimlich.

In der Zwischenzeit wird im Nachtklub eingebrochen und Geld aus dem Tresor gestohlen. Der Täter ist Omars Sohn Kemal, doch Omar verdächtigt Hanif. Auf der Suche nach ihm gerät Omar in ein Thai-Restaurant, wo Hanif und Saafira gerade Hochzeit feiern. Er muss zudem erfahren, dass seine kaum volljährige Tochter Nurai (Renée Zellweger) den schon etwas bejahrten Pizzaiolo Yannis (Victor Giacobbo) ins Herz geschlossen hat. Omar dreht total durch und demoliert an der Langstrasse einen Dönergrill (Daniele von Arb), worauf ihn der immer zu einem launigen Spruch aufgelegte Drogenfahnder Schlatter (Almi) festnimmt und eine Nacht lang mit Blondinenwitzen quält.

Am nächsten Tag beschliesst Omar, seinen Nachtklub dem tamilisch-schweizerischen Ehepaar Wäckerli-Sithvaraparagarasara (Eva Wannenmacher und Horst Tappert) zu verkaufen und in Rümlang einen Kindertageshort zu eröffnen. Im Moment sind die Wäckerli-Sithvaraparagarasaras aber nicht liquide, der Handel verzögert sich. Vor lauter Gram wird Omar (jetzt gespielt von Patrick Frey) dünner und dünner. Doch wie das Drehbuch so will, tauchen plötzlich alle seine Kinder und auch die Nachbarn auf (Robert de Niro, Kurt und Paola Felix, Bettina Walch und Uriella). Kemal zahlt das gestohlene Geld zurück, Hanif und Saafira präsentieren den neugeborenen Enkel (gespielt von DJ Bobo in einer Doppelrolle), Tochter Nurai kommt mit Yannis, der Omar mit seinem gesparten Geld aus der Patsche helfen und mit Pizze aufpäppeln wird. Die Nachbarn schmunzeln, was das Zeug hält. Jetzt sind alle rundum zufrieden, und man begibt sich in ein Karaoke-Lokal. Während der Abspann (gemalt von Rolf Knie) über die Leinwand läuft, singen sie gemeinsam «Lueg immer uf di breit Siite vom Läbe».

Erschienen in Cinema, 2001

Postkarte

Liebe Mausi,
vor einer Woche sind Erbprinz Johann von Dünkheim-Breisach und meine Wenigkeit nach stürmischer Überfahrt (der Moussaka hat dieses Jahr früh eingesetzt) wohlbehalten in Larnaca angekommen. Von dort Weiterreise nach Famagusta, wo wir im besten Haus am Platze Quartier bezogen. «Die Zyprioten sind die Iren des Mittelmeeres, wenn man die Türken als die Engländer des Nahen Ostens betrachtet», soll Shelley einmal gesagt haben, allein, mir erscheinen sie in ihrer puritanischen Verschrobenheit viel eher als die Schwaben Kleinasiens, wenn man die Levantiner als die Lombarden Libyens sieht.
Famagusta – dieser phönizische Ausdruck für Hungertod deutet auf die heute noch prekäre Lebensmittelversorgung hin – ist eng, laut, schmutzig und brüstet sich, das weltweit dichteste Aufkommen an Mauerfrass zu haben. Aber: interessante Flora! Der Erbprinz hat schon 15 bisher unbekannte Unterarten von Flechten und Moosen entdeckt, die er nun mit allerlei Namen versieht: «Schwäriges Nierensteinlieschen», «Ouzo-Hauwegwarte», «Vergissdeinenschirmnicht», «Klebrige Rotzbremsenflechte»... Ob ihm die Royal Moss and Lichen Society dabei folgen wird, darf bezweifelt werden. Elektrisches Licht gibt es hier nicht. Alles funktioniert noch mit Maultieren. Aber obwohl ich drei dieser Viecher neben meinem Schreibtisch stehen habe, ist es immer noch zappenduster. Der Erbprinz ist natürlich sauer, weil er nachts nicht an seinem «Zypern-Epos» weiterschreiben kann. Den Anfang hat er ja schon: «Da reist ein Mann durchs Zypernland, / er leidet unter Dauerbrand, / doch immer wenn er trinken will, / reicht man ihm bloss Tee-Kamill, / obgleich er lieber Branntwein tränke, / fände er bloss eine Schänke. / Denn wenn er eine Schänke fände, / würden gierig seine Hände / nach den edlen Wassern greifen, / die in Eichenfässern reifen. / Off'ne Schänken sind hier keine, / offen sind nur Ach-

meds Beine...» Er hat bereits anderthalb Quarthefte vollgeschrieben, 220 sollen es insgesamt werden.

Ich bin überzeugt, der Erbsi wird ganz gross rauskommen, aber kaum zu Lebzeiten, wenn er so weitersäuft. «Trinken, um die soziale Stellung zu festigen», nennt er das. Tja, er trinkt wie ein Kaiser, rülpst wie ein Bauer und furzt wie ein Ziegenbock. Aber wer zahlt, befiehlt. A propos Ziegenbock: Heute wurde uns Ziegenbraten serviert, dazu gab es Err, eine scharfe Sosse aus zersplitterten Schildkrötenpanzern und Salpeter. Aber im Juni sollte man bekanntlich keine Tiere mit «r» essen, also griffen wir auf des Prinzens Mottensammlung zurück. Den Maistruggels hats geschmeckt, wie alles, was sie hier zu essen kriegen. Typisch Österreicher. Wir trafen sie schon auf dem Schiff von Venedig nach Piräus, sie wähnten sich auf einem Dampfer nach Brasilien, wo sie (Versandkatalog!) einen Fluss namens Amazonas gekauft haben wollen. Mangels Schiffspassage bleiben sie erst mal hier und gehen uns mit ihrem Gequatsche auf die Nerven: «Kafka schreibt für unsereins einfach zu albern!», «Mato Grosso tönt irgendwie nach einer übergewichtigen alten Puffmutter», «Meinen Sie, Egon Schiele hatte wirklich was an den Augen?», «Hitler wär schon recht, wenn er nur auch Wanderwege bauen würde!»...
Und dies den ganzen Tag lang. Erbsi hat die beiden gegen Bezahlung einer grösseren Summe zu Ritterkreuzträgern Erster Klasse ernannt, was ihnen schmeichelte, jedenfalls bis sie erkannten, dass sie nicht nur des Erbsis Ritterkreuze sondern unsere gesamte Ausrüstung nach Salamis tragen müssen. «Das werdet ihr nie schaffen, es sind allein schon 500 Meilen bis nach Mortadella!, Ihr kennt die muselmanischen Taxifahrer nicht!», warnte uns der deutsche Konsul, bevor wir nach Salamis aufbrachen, aber wir schafften es in weniger als einer Viertelstunde.
Muss mal eine eindrückliche Stadt gewesen sein. Leider ist der Erbsi dann über eine frühbronzezeitliche Schnabeltasse gestolpert und hat sich im Fallen an einem ionisch-korinthischen Architrav festgehalten, jetzt liegt alles in Schutt und Ruinen. Macht sich aber

nicht schlecht auf der Postkarte. Der Typ auf der attischen Säulenbasis ist übrigens Herr Evagoras, der stellvertretende Bürgermeister, er will dort im Hungerstreik verharren, bis wir das ganze Gemäuer wieder zusammengeschraubt haben.
Wir arbeiten noch daran.

(Mausi, erinnere bitte Rickmer von der Hauptbuchhaltung daran, den Scheck an Pfarrer Herzlinger sperren zu lassen! Und achte darauf, dass die kleine Bodelmann die Briefmarken nicht immer so aufreizend ableckt, Gimbock von der Spedition kriegt sonst wieder seine «Anfälle» und muss in die «Klinik».)

Ich küsse dich

dein Puckl

Erschienen in «Gruss aus der Ferne», Publikation des Völkerkundemuseums Zürich, 2001

Richard Reich Christoph Schuler **Katja Alves** Béatz Fraefel Jean-Luc Wicki Linus Reichlin iuinu Hans Georg Hildebrandt Gisela Widmer Max Kling Ernst Soler Thomas Widmer

Schwarze Barken

Portugal, das Land, in dem ich herkunftsmässig verankert bin, war einst eine grosse Seefahrer-Nation. Was bedeutete, dass die Männer zur See fuhren, um die Welt zu entdecken, und die Frauen zu Hause sassen und entdeckten, dass ihnen der Genuss von überzuckerten Eiersüssspeisen nur bedingt über den Verlust des Ehemannes hinweghalf. Ein Faktum, dass sich bis heute bewahrheitet. Denn leider ist es so, dass manche Dinge, die wenige Sekunden lang ein Glücksgefühl im Grosshirn auslösen, einen nachhaltig ärgern, wenn man Monate später versucht, die Knöpfe am Sommerkleid zuzukriegen.

An solcherlei Dinge denke ich, während ich in der portugiesischen Taverne um die Ecke sitze und eine überzuckerte Süssspeise löffle. Daran, und auch, dass die Portugiesinnen mit facettenreichen Stimmen gesegnet sind, mittels derer sich prima Klagelieder interpretieren lassen. Eine nicht zu unterschätzende Möglichkeit, über den Trennungsschmerz hinwegzukommen. Singen befreit die Seele und macht nicht mal dick. Wobei man natürlich versucht ist, angesichts einiger beleibter Tenöre an das Gegenteil zu glauben. Aber das tut hier nichts zur Sache. Hingegen möchte ich an dieser Stelle erwähnen, dass es ein wirklich trauriges portugiesisches Lied gibt, das von einer schwarzen Barke handelt. In der Barke sitzt ein Fischer, und dieser wiederum hat eine Geliebte, die sehnsüchtig auf ihn wartet, während sie am Strand sitzt und Fischnetze flickt. Beiden Tätigkeiten geht sie über mehrere Strophen lang nach. Da bin ich mir ganz sicher! Denn das Lied stammt von einer CD, die in besagtem Lokal pro Abend etwa fünfmal durchgespielt wird. Eigentlich schön, wenn in Restaurants immer dieselbe CD gespielt wird. Man weiss dann immer etwa, wie spät es ist, ohne sein Gegenüber mit Blicken auf die Armbanduhr beleidigen zu müssen. «Ach, jetzt kommt wieder dieses Lied mit der Barke, dann sind wohl wieder vierzig Minuten um.»

Jedenfalls mag die Geliebte des Fischers in diesem Fado, wie die Lusitanerin geneigt ist zu sagen, unter Wehgeklage nicht glauben, dass ihr Mann nicht zurückkehrt. Fragen Sie mich bitte nicht, wieso. Aber irgendwie scheint Frau immer zu glauben, Mann kehre zurück. Das Vertrauen, er könne auf Fischpasteten und gebügelte Hemden nicht verzichten, scheint uferlos. Wahrscheinlich zu Recht! Denn das männliche Geschlecht ist bekanntlich schwach. Zu schwach, um die Wäschezaine selbst in den Keller zu tragen. Trotzdem, dieses Lied hält, was es verspricht und der Fischer kehrt nie zurück.

Auch nicht in Begleitung einer 30 Jahre jüngeren Seejungfrau, die er zufällig am Strand von Kuala Lumpur kennen gelernt hat. Der armen Wartenden ist somit nicht mal eine ordentliche Beziehungskrise vergönnt.

Zugegeben, diese Version würde auch nicht in die Zeit des Liedes passen, sondern inspiriert sich eher an heutigen Verhältnissen. Die nicht so romantisch sind. Es soll ja immer noch vorkommen, dass Männer Ozeane überqueren und verschwinden. Aber eben nicht in Barken, sondern auf Charterflügen nach Bangkok. Jetzt könnte man sich natürlich überlegen, welche Version die bessere ist. Keine, bin ich versucht zu sagen. Denn der Effekt bleibt der gleiche: Was immer auch passiert, am Schluss kriegt man die blöden Knöpfe des Sommerkleides nicht mehr zu.

Familienferien im Toggenburg

In den Prospekten sieht das Toggenburg eigentlich ganz nett aus. Berge, Sonne und hübsche Freibäder. Als wir ankamen, peitschte uns ein mitsommerlicher Eisregen ins Gesicht, wie ihn auch abgebrühte Naturburschen nur ungern ertragen.
Ich weiss nicht, welche Art von Familie sich an Dauerregen im Juli freut. Aber eins ist sicher: Latent depressive Familienmitglieder wären von diesem Urlaub nicht mehr zurückgekehrt. Das kinderfreundliche Vorzeige-Hotel, das für uns vom Tourismus-Verein ausgesucht worden war, hiess trotz dichter Nebelschwaden zuversichtlich «Sonne» und huldigte dem Chalet-Stil, in der architektonischen Bauweise, wie sie hier zu Lande den Alpenraum entstellt.
Die Lobby war menschenleer. Aber irgendwo im Haus schien menschliches Leben zu keimen, denn es roch abscheulich nach frischer Kohlsuppe und defekter Abwasserleitung. Es mag sein, dass die Wirtin, die nach geraumer Zeit angeschlurft kam, kinderfreundlich ist, ihr Schäferhund war es nicht. Böse knurrte er uns an. Meine Tochter versuchte verzweifelt zur Ausgangstür zu gelangen.
Das wiederum schien dem Schäferhund noch mehr zu missfallen. Unter wildem Gebell präsentierte er sein gelbes Gebiss. Die Wirtin hielt ihn mit aller Kraft am Halsband zurück und erklärte beschwichtigend: «Er macht nichts, er will nur spielen!» Was bekanntlich alle Kampfhundehalter sagen, kurz bevor ihr blutrünstiges Tier dem Opfer an die Gurgel springt. Doch irgendwie gelang es der Frau ihre Bestie zu bändigen. Und «Kommissar Rex», wie wir das Vieh nannten, in der Hoffnung, ihn damit etwas aufzumuntern, hob knurrend zum Rückzug an. Wir schleppten unser Gepäck unzählige Treppen hinauf ins Dachgeschoss.
Die Suite, die wir zur Verfügung gestellt bekamen, war sehr gross und sehr braun! Braune Möbel, braune Teppiche, braune Vorhänge, braune Lampen. Wahrscheinlich diente dem Ausstatter des

Führers Wolfsschanze als Quelle der Inspiration. Die braune, speckige Sofa-Landschaft nahm die Hälfte des Wohnzimmers ein und wies verschiedentlich braune Flecken in einem helleren Braunton auf. Besagte Braunstreifen erinnerten einen unweigerlich an Anal-Verkehr.

Über der Essecke hing hingegen das liebevoll gestickte Bild eines traurigen Harlekins, flankiert von zwei grausigen Aquarellmalereien aus der Gegend. Offensichtliche Verzweiflungs-Bastelkunst, wie sie nur einsame Ehefrauen vollbringen können, deren Männer sich in ländlichen «Exotic-Bars» vergnügen. Wir hätten uns auch mit dem Hotel-Dancing zufrieden gegeben. Alles wäre recht gewesen, um der braunen Stube zu entfliehen. Jedoch war das Etablissement mit einem dicken Balken verbarrikadiert. «Geschlossen wegen Personalmangels» hiess es auf einem Schild. Es ist anzunehmen, dass der Barmann aus dem Balkan, der bis vor kurzem hier gewirkt hatte, sich des kleineren Übels besann und demzufolge zurück in die Heimat floh.

Meine Freundin schlug vor, Bier zu kaufen, und wir losten aus, wer sich an Kommissar Rex vorbeischleichen musste. Das Bier tranken wir anschliessend aus einem Eindeziliter-Glasstiefel mit Wappenaufdruck; andere Gläser gab es keine in der braunen Küche.

Am nächsten Morgen wurden wir bereits vor dem Frühstücksraum erwartet. Kommissar Rex knurrte in gewohnter Unfreundlichkeit, und meine Tochter verlor augenblicklich jedes Interesse am Frühstücken. Das sollte den drei greisen Paaren, die bei unserer Ankunft nervös mit den künstlichen Zähnen schnalzten, recht sein. Ihren Gesprächsfetzen entnahm ich, dass Kinder von arbeitenden Müttern ohne Ausnahme drogensüchtig würden. Als letzte Fluchtmöglichkeit beschlossen wir, einen familienfreundlichen Zirkus zu besuchen. Wie es sich herausstellte, setzte sich dessen Programm ausschliesslich aus Dame-liebkost-ihre-Pudel-Nummern zusammen. Meine Tochter rief während der ganzen Vorstellung «Wuffwuff-Schnäbi» und meine Freundin tat zum ersten Mal in ihrem Leben so, als ob sie uns nicht kennen würde.

Mit hängenden Schultern schlichen wir wieder in die braune Stube zurück. Nur meine Tochter freute sich. Sie hatte nach zweitägiger Suche endlich ein Spielzeug entdeckt. Es war ein spitzer Brieföffner, und mit dem versuchte sie uns jetzt zu perforieren.

Teufelsdinger

Sollte der Teufel eine kreative Ader haben, entwirft er bestimmt Badeanzüge. Oder zumindest beliefert er Designer mit entsprechenden Schnittmustern. Diese Vorstellung ist keinesfalls weit hergeholt. Denn wo der Gehörnte haust, soll es ja angeblich ziemlich heiss sein – und dass in einem solchen Umfeld keine Ideen für Polaranzüge gedeihen, dürfte allen klar sein. Dass es sich bei Badeanzügen tatsächlich um Teufels Beitrag handelt, kann bestätigen, wer den Sommer nicht schwimmendermassen, dafür aber gelangweilt auf einem Tuch in der Badi verbringt. Ständig wird man von den zeitvertreibenden Beobachtungen einheimischer Entenvögel abgelenkt. Schuld daran tragen Badegäste, die eifrig und unentwegt damit beschäftigt sind, versteckte Handlungen an ihrer Badekleidung vorzunehmen.

Ein Blick nach rechts, ein Blick nach links, und die feuchte Badehose wird dort herausgezupft, wo sie garantiert nicht hingehört, aus der Mitte des Hinterteils. Träger, die nicht halten, was sie versprechen, werden zum x-ten Mal um den Nacken gebunden – und nassschwere Shorts, die sich dem Gesetz der Schwerkraft unterwerfen, am losen Gummizug gehalten. Wer behauptet, solches nicht zu beobachten, lügt.

Denn während die eine Hälfte der Strandbadgemeinde fortwährend zupft, rupft und versucht, Nasses wieder in Form zu bringen, sieht die andere Hälfte dabei schadenfroh zu. Aber nur so lange, und das ist des Gehörnten Sinn für Gerechtigkeit, bis sich die Beobachtenden selbst erheben müssen, um sich auf dem gräsernen Laufsteg der dehnbaren Grausamkeiten zur Schau zu stellen.

Richard Reich Christoph Schuler Katja Alves **Bänz Friedli** Jean-Luc Wicki Linus Reichlin mimi Hans Georg Hildebrandt Gisela Widmer Max Küng Ernst Soler Thomas Wälmer

Pendlerregel Nummer 1

Pendlerregel Nummer eins: Die S-Bahn ist immer unpünktlich, ausser du bist es. Will heissen: Du kannst rechtzeitig in Schlieren auf dem Perron stehen, es kommen alle Züge, nur deiner nicht. Schliesslich ist dies nicht irgendeine Strecke, sondern die meistbefahrene Bahnstrecke der Schweiz. Der Intercity aus Bern rauscht vorbei, ein Güterzug donnert so lärmig heran, dass du am Handy das eigene Wort nicht verstehst (wolltest dem Chef sagen, es werde später). Jetzt rattert ein Schnellzug aus dem Aargau durch, fahrplanmässig. Nur du wartest auf deine S-Bahn und frierst dir den Arsch ab. Denn dies ist nicht irgendein Bahnsteig, sondern der kälteste der Schweiz.

Und wenn du einmal im Jahr knapp dran bist, zu Fuss aus dem Haus hetzt, weil dir soeben zum dritten Mal innert vier Monaten das Velo geklaut wurde, den verdammten Schneeregen verfluchst (die Frisur mit Gel zu drapieren, hättest du dir gleich sparen können, ist nach 200 Metern im Eimer), innerlich kochst, weil die neue Hose schon voller Dreckspritzer ist, in leichtes Joggen, dann in Trab verfällst, die Unterführung im Spurt nimmst, entnervt die Treppe hoch keuchst – dann kannst du sicher sein, dass die S-Bahn für einmal pünktlich abgefahren ist. Ohne dich. Shit. Hol ich mir halt drüben vor dem Bahnhof noch «20 Minuten», kauf mir Kaugummis und nehme den nächsten Zug in 13 Minuten. Runter vom Perron, in die Unterführung.

Doch was siehst du, wenn du auf der anderen Seite der Gleise aus der Unterführung auftauchst, auf Perron 3 ohne dich abfahren? Deine S-Bahn. Was du vorhin für die pünktliche S3 gehalten hast, war nur die S12 mit einer Viertelstunde Verspätung.

Erschienen in 20 Minuten am 16. März 2000.

Bestes Theater

Welch grandiose Inszenierung. Sie bildet die Schweiz schonungslos ab. Das Dekor minimal gehalten, aber effektvoll: Metallstangen und ein gummierter Bodenbelag, stark verschmutzt, schaffen ein kaltes Ambiente. Die stummen Figuren, auf Sessel verteilt, symbolisieren die Verlorenheit des Einzelnen in einer entfremdeten Gesellschaft. Glasscheiben werfen die Individuen mit gespenstischen Spiegelungen auf sich selbst zurück. Jeder ist allein.
Der grummelnde Rentner. Der bekiffte Hip-Hopper. Ein Taschendieb. Zwei Immigrantinnen, die in gebrochenem Deutsch tuscheln; ausgemergelte, verhärtete Frauen, die eine mit Kopftuch, die andere mit braunen, angefaulten Zähnen. Als hätten sie Angst, belauscht zu werden, wispern sie flüchtige Sätze. Über den Überlebenskampf. Woher das Geld nehmen, um die vielen Kinder zu ernähren? Wie die Miete bezahlen? Die Krankenkasse? Auf den Mann ist kein Verlass, er hurt herum. Die unerträgliche Gewöhnlichkeit des Elends.
Dann tritt der Neonazi auf. Glatze, stierer Blick, Runen auf der Jacke. Er pöbelt, wird handgreiflich. Eskalation droht. Bis ein Junkie taumelnd dazwischengeht. «Lass doch die armen Weiber in Ruhe», sagt er, verwickelt den Nazi in eine Diskussion, und: «Chumm, hee, häsch mer nöd zwei Stutz?»
An dieser Aufführung stimmt alles. Die Tonspur: knattert bedrohlich. Die Handlung: überraschend. Die Dialoge: packend lebensecht. Die Darsteller: glaubhaft vulgär. Die Moral: doppelbödig. Grosses Theater, stets bis auf den letzten Platz besetzt. Kostenlos zu sehen im 31er, dem Bus von Schlieren Richtung Farbhof. Und keinen hier drin kümmert dieser Marthaler.

Erschienen in 20 Minuten am 5. September 2002.

Pendeln stinkt!

Pendlerregel Nummer 11: Morgenstund hat Mundgeruch. Nicht, dass der öffentliche Verkehr als solcher mir stinken würde, mich brächten keine zehntausend Pferdestärken dazu, im Auto zur Arbeit zu fahren. Aber wenn ich dann eingepfercht zwischen Wildfremde im überfüllten Tram stehe, nüchternen Magens kurz nach dem Aufstehen, zu einem Zeitpunkt, da die Geruchsnerven so empfindlich sind, dass du noch nicht mal deine Liebste riechen kannst, geschweige denn den Raucher, der bestialisch aus dem Mund stinkt – dann gäbe ich einen Lottogewinn her für den Wohlgeruch fabrikneuer Autopolster. Mein Chevrolet und ich wären auf dem Highway unterwegs, allein mit dem Duftbäumchen, das neckisch am Rückspiegel baumeln würde, und der Nashville-Blondine, die bestärkende Worte aus dem Autoradio sänge.

Stattdessen: Hat einer Hundescheisse am Schuh und es nicht gemerkt. Frisst eine einen Döner, bei dessen Anblick mir schon übel wird. Lehnt sich der Alki mit seinem ganzen Gewicht an mich und widerlegt, als genügte seine Rotweinfahne nicht, mit einem geräuschvollen Furz die These, wonach nur leise Fürze stinken. Korrektheit verbietet mir, von den Rentnern anzufangen und deren Schweiss-Urin-und-sechs-Tage-nicht-geduscht-Ausdünstung. Aber weshalb fahren sie stets zu Stosszeiten?

Am allerschlimmsten jedoch ist der Typ, der sich mit Eau de Toilette Marke Diesel so voll gesprüht hat, als wollte er sich gegen das ganze Geruchswirrwarr imprägnieren. Penetrant! Da ist kein Entkommen – der Typ bin ich.

Erschienen in 20 Minuten am 8. Juli 2000

Jeannettli muss caca

Pendlerregel Nummer 64: Die ruhigste Fahrt kann zum Horrortrip werden. Jeannettli muss caca. Die Dame wiederholt es vier-, fünfmal, in anschwellender Lautstärke und einem Tonfall der schieren Verzückung: «Jeannettli muss caca!» Wie ein Refrain breitet sich der Satz in der ersten Klasse aus, wo sonst Stille herrscht. «Jeannettli muss caca.» Wie eine Beschwörungsformel. Die Dame trägt ein teures Deuxpièces, ihrem dauergewellten weissen Haar hat der Coiffeur einen violetten Schimmer verpasst.
Eben haben wir Stadelhofen passiert. Die Dame zückt ein hellblaues Spitzentaschentuch und macht sich an Jeannettli zu schaffen. Jeannettli ist – ich kenn mich da nicht so aus – vermutlich ein Pudel, trägt eine ähnliche Frisur wie Frauchen und sitzt auf dessen Schoss. Nun beginnt Frauchen mit dem Taschentuch den Kot aus Jeannettlis After zu zupfen, wiederholt dazu in selbstvergessenem Singsang: «Caca! Jeannettli muss caca!», und ich kann, so angewidert ich bin, den Blick nicht mehr von den beiden wenden. Zuletzt entleert die Dame das Taschentuch mit der Hundekacke in den Kehrichtbehälter, faltet das Tuch sorgsam wieder zusammen, legt es in ihre Handtasche, entnimmt jener eine Lindor-Kugel und geniesst die Leckerei mit geschlossenen Augen.
«Bravs Jeannettli, liebs Jeannettli», murmelt sie dazu. Ich würde jetzt dann gleich ein Hundeverbot für die S-Bahn fordern, denken Sie bestimmt. Nein, nein, die Tierchen können ja nichts dafür. Das wirklich Unappetitliche sind die Hundehalterinnen.

Erschienen in 20 Minuten am 5. Juli 2001

Zürich bleibt nicht 01

Jedesmal, wenn ich Freunde in Bern besuche, schlägt mir der Anti-Züri-Reflex entgegen. Verlangt meine Tochter zur Schoggicrème «en Latz» statt «es Ässmänteli», geifern sie schockiert: «Dein Kind spricht doch nicht etwa Nulläis?!» Ich schmunzle. Dass Nulläis in Bern Synonym für Arroganz und Selbstüberschätzung ist, daran habe ich mich gewöhnt.
Nur: Bei meinem letzten Bernbesuch musste ich mich echt schämen. Sie hatten am TV einen Beitrag über das Komitee «Zürich bleibt 01!» gesehen, das bis vor Bundesgericht gehen will, um durchzusetzen, dass die Vorwahl 01 statt der neuen 043 und 044 bestehen bleibt. Da empfand der SVP-Sekretär Claudio Zanetti die Umstellung als «reine Schikane», schwadronierte, man müsse «den Brüedere in Bern klar machen, dass sie für uns und nicht wir für sie da sind». Nulläis sei die richtige Vorwahl für die wichtigste Stadt, schliesslich habe auch New York 01.
Nun bin ich ja durchaus der Meinung, Zürich habe seine Wichtigkeit. Aber: Diese volksparteilichen und jungfreisinnigen Jungunternehmerfritzen sind erstens schlicht zu jung, um sich noch daran zu erinnern, dass Zürich mal 051 hatte. Und zweitens gehen mir die Möchtegerngrossstädter, die Zürich dauernd mit New York vergleichen, auf den Sack. New York habe 01? Blödsinn. New York, im Unterschied zu Zürich eine wirklich grosse Stadt, hat die Vorwahlen 212, 718, 347, 646 und 917. Die 1, Herr Zanetti, ist der Ländercode der USA, und sie wird innerhalb der USA für Long Distance Calls gewählt.
Eine Bitte an die Brüedere in Bern: Schafft 01 so rasch als möglich ab, damit ich mir nie mehr anhören muss, Nulläis stehe für dummes, provinzielles Geschwafel.

Erschienen in 20 Minuten am 29. August 2002

Forza Ambrosetti

Pendlerregel Nummer 71: Am Stadtrand begegnen sich die Gegensätze. Auf dem Juchhof, zum Beispiel. Dort trainiert mein Fussballverein, ein Plauschteam aus Velokurieren, DJs, Sozialarbeitern, Reiseveranstaltern, Showbusiness- und Medienleuten. Zwar belegen wir den stolzen fünften Rang der Zürcher Alternativ-Liga. Aber neben dem italienischen Seniorenteam, das mit uns mittwochs den Trainingsplatz teilt, sehen wir sehr amateurhaft aus.
Gut, sie haben Übergewicht, sind technisch unbedarft. Wie wir. Aber der Betreuerstab! Zwei Bänke brauchen die kickenden Lavoratori für ihren Tross.
Da sind zunächst: Nonna, Figli, Fidanzate. Dann der Masseur, ein 150-Kilo-Koloss. Der Trainer, mit Trillerpfeife und grauen Schläfen, halt so, wie ein richtiger Trainer aussieht. Und dann Ambrosetti. Steckt, obgleich er nie einen Fuss auf den Rasen setzt, im schicken Kappa-Trainingsanzug und bekleidet die Charge eines Assistenten. Das sind die, die auf den Postern grosser Klubs in der mittleren Reihe links aussen stehen, und man weiss nie, was sie tun. «Ambrosetti, hol mir ein Gatorade», raunt der Torwart nach Trainingsende, und Ambrosetti, der pfundige Kerl, wieselt ungelenk los zum Getränkeausschank, den Befehl seines Stars zu erfüllen. Dank Ambrosetti ist Luigi, Büezer und Feierabend-Goalie aus Altstetten, einmal in der Woche König.
Am Schluss gibts immer ein Mätschli. Natürlich sind wir chancenlos. Die gegnerische Squadra gewinnt immer. Ausser gestern, da hat meine Mannschaft mich an die Squadra ausgeliehen. Die Squadra verlor erstmals. Mit 3:10.

Erschienen in 20 Minuten am 16. August 2001

Richard Reich Christoph Schüler Katja Alves Bänz Friedli Jean-Luc Wicki Linus Reichlin minu Hans Georg Hildebrandt Gisela Widmer Max Eibig Ernst Solèr Thomas Widmer

Kristall und Erdhaufen

«Mit deinem Feng Shui stimmt was nicht!» Einmal mehr höre ich die Worte meines intellektuellen Nachbarn Severin und verstehe sie nicht! «Feng Shui», doziert Severin, sei chinesisch. Aus dem Wechselspiel der polaren Kräfte von Ying und Yang entstehe bekanntlich die Lebenskraft, das Chi. «Und Feng Shui lehrt dich, diese Einflüsse zu erkennen und sie zu einem harmonischen Ausgleich zu bringen», veranschaulicht Severin eifrig. Und dann doppelt er mit einem Blick durch meine Wohnung nach: «Hier staut sich haufenweise schlechte Energie...das ist wie eine Verstopfung!» Und das in meiner Wohnung! Um das Chi besorgt, bitte ich Severin um Rat.

Mit gespreizten Fingern beginnt er sogleich, meine Eingangstür zu examinieren. Die Türe sei das Wichtigste, vor allem in unserem Haus, das nachweislich eine äusserst sensible Persönlichkeit besitze (meint er damit etwa unseren grobschlächtigen Abwart? Habe ich diesen Mann bislang unterschätzt?). Ekstatisch schwafelt Severin etwas vom Energieschleier, der draussen meine Aura andockt (das erklärt die mysteriösen Geräusche, die ich nächtlich im Treppenhaus höre!). Severin deutet auf die Türe und weiss: «Links wohnt der Glück bringende grüne Drache!» Da bin ich froh, mit Untermietern hat man sonst doch nur Probleme.

Meister Severin fragt mich nun, ob er sich die Toilette anschauen dürfte. Na klar, entgegne ich, und er betritt ekstatisch mein Badezimmer, um sogleich entsetzt zurückzuweichen. «Du musst deinen WC-Deckel UNBEDINGT schliessen!» Naja, so schlimm ist der Geschmack auch nicht. Doch bevor ich das zur Sprache bringen kann, klärt mich Severin auf, dass offene Toiletten das ganze gute Chi direkt in die Kanalisation saugen. Des Weiteren stellt Severin auf seinem Feng-Shui-Check in meiner Wohnung fest, dass mein eckiger Esstisch praktisch pausenlos Giftpfeile abstrahlt. Einige Stunden später erkenne ich meine Wohnung kaum wieder. Die

Möbel stehen schräg in den Räumen, Windspiele und Kristalle, Spiegel und farbige Tücher sorgen nun für einen vorteilhaften Chi-Move. Und das ist gut so, auch wenn mich der Erdhaufen im Korridor ein bisschen stört (sonst sammle sich dort zu viel schwächendes Chi!).
PS: Gestern hat sich Severin am umgestellten Esstisch gestossen und eine Ecke des Tisches hat sich in seine Leistengegend gebohrt. Offensichtlich stimmt was mit seinem Feng Shui nicht!

Win-Win

«Wenn du bei deinen Lesern die Credibility erhalten willst, brauchst du eine hohe Awareness!» sagt ein Freund aus der PR-Branche, nickt dazu instruktiv, nippt an seinem irischen Bier und prüft den Halt seines hippen Rossschwanzes (und verkörpert dabei das Klischee eines kreativen Menschen aus der Werbebranche). Die Worte Credibility und Awareness klingen in meinem Kopf nach. Ich kenne die Worte, doch ich begreife sie nicht. Ein erbarmungsvolles Lächeln schlägt mir entgegen, mein kreativer Kollege klärt mich auf und erinnert mich dabei an einen Kleinklassenlehrer: «Es ist ganz easy: Vertrauen und Glaubwürdigkeit – Credibilty – ist der Anfang von allem, mein Lieber!» (Welch kreative Herablassung) «Eine wichtige Voraussetzung für Credibility ist Awareness – im Bewusstsein der Menschen präsent sein! Alles klar?» Durch diese Belehrung in meiner Awareness gestärkt, affirmiere ich viel sagend und hoffe, meine Credibility nicht vollends verloren zu haben. Im Bewusstsein, einen anstrengenden Abend vor mir zu haben, bestelle ich noch ein schäumendes Bier, mein Gegenüber hingegen schäumt über vor Glück, sein Know-how an einen Unwissenden weitergeben zu können. Mit strahlenden Augen erklärt er mir: «Schau, das beste Tool, um ins Bewusstsein seiner Target Group zu gelangen, ist: Emotions auslösen und die Message so oft wie möglich zu penetrieren!» Das letzte Wort assoziiert mein Verstand mit Unanständigem, doch ich verkneife mir einen kreativen Scherz zu diesem Thema. Denn die Angelegenheit ist ernst: «Strebenswert ist in jedem Fall eine Win-Win-Lösung!» Aha, ein japanisches Management Tool? Flugs ernte ich ein schallendes Lachen und das Kompliment (?), ich sei ein Riesen-Witzbold, hahaha! Wie sollte ich wissen, dass eine Win-Win-Situation noch vor kurzem als Synergie-Effekt in aller Kreativen Munde war, wenn sich doch schon niemand mehr an die gleichbedeutende Formulierung «zum beiderseitigen Vorteil» erinnern vermag? «Wenn du beispielsweise dieses Gespräch in eine Kolumne packst, schaffst du dir eine typische Win-Win-Lösung!» Diese Message löst in mir Emotions aus, die mich penetrant ein weiteres Bier bestellen lassen – es ist höchste Zeit, meine Awareness zu trüben!

Elektroschock!

Mit der «Schwarzwaldklinik» fing alles an. Den jovial-väterlichen Doktor Brinkmann bewundernd, entdeckte ich die bis heute andauernde Liebe zu Spitalserien. Damals sahen noch alle TV-Ärzte aus wie Klaus-Jürgen Wussow, und die Kliniken befanden sich vornehmlich im Schwarzwald, durch den der Oberarzt mit seinem Mercedes braust, weil im Krankenhaus ein dringender OP-Termin und die hübsche Stationsschwester auf ihn warten. Die «Schwarzwaldklinik» und ihresgleichen waren saubere Orte, von einigen moralischen Entgleisungen abgesehen. Blutende Wunden und eitrige Entzündungen schadeten in jener Zeit dem Image der Sendung sowie des Ärztestandes und wurden daher nicht gezeigt.

Heute fahren diese Ärzte nicht im schnittigen Luxuswagen in die Klinik, sondern in rumpelnden, versifften Untergrundbahnen – vornehmlich in Chicago. Denn das Betätigungsfeld der beliebtesten Fernseh-Doktoren ist nicht mehr die septische Luxusklinik, sondern die chaotische Notaufnahme einer Grossstadtklinik – der Ärzteserien-Fan nennt die Notaufnahme selbstredend «Emergency Room» (nach der gleichnamigen Erfolgsserie aus den USA). Als Hobby-Hypochonder sind solche TV-Serien für mich natürlich Pflichtstoff, sozusagen die praktische Ergänzung zum Pschyrembel, der allumfassenden Enzyklopädie der aktuellen klinischen Medizin. Im Pschyrembel erfahre ich theoretisch alles über Carbamylphosphatsynthetase-Mangel, im Fernsehen sehe ich dann, was der erfahrene Arzt in diesem Fall zu tun hat: dem Patienten aufmunternd in die glasigen Augen blicken, den Blick auf die Krankenakte schweifen lassen, den beunruhigenden Befund «Carbamylphosphatsynthetase-Mangel» mit einem beschwichtigenden «Wir müssen Ihren Ammoniakspiegel senken!» herunterspielen und der emsigen Schwester die Substitution von Natriumbenzoat auftragen. Wird der Patient in diesem Moment ohnmächtig oder wird just in jenem Augenblick ein anderer, bewusstloser Patient eingeliefert, macht der Fernseharzt sofort eine Intubation, neben der Elektroschock-Reanimation der bei weitem beliebteste Eingriff in der fiktiven Notaufnahme.

In einer Folge darf ein junger Assistenzarzt zwei Intubationen vornehmen, was ihn flugs für eine Gallenblasenoperation qualifiziert. Doch die Freude hält nicht lange an, die nächste medizinische Not kündet sich an: Ein Mann hat einem Musiker und einem LKW-Fahrer einen Finger abgebissen und die Dienst habende Chirurgin hat infolge Überarbeitung, Budgetengpässen, gescheiterter Gesundheitsreform, Alkoholismus und Liebeskummer dem Musiker den Finger des Truckers angenäht. Ein heikler Fall, zum Glück wird «in der Vier» (?) prophylaktisch schon mal das Elektroschockgerät aufgeladen und ein Intubationswerkzeug sterilisiert.

Cola in Glasflaschen

Heute fühle ich mich mit meinen zarten 30 Jahren auf dem Buckel ziemlich alt. Ich habe mich soeben mit einem 18-jährigen Teenager unterhalten, wir sassen zusammen in einem hippen Café, bestellten eine Cola, und der Kellner brachte uns den braunen Zuckersaft in stilvollen 2-dl-Glasfläschchen. Der geschwungene Schriftzug war direkt aufs Glas geschrieben. Das kühle, formvollendete Glas in meiner Hand haltend, verlor ich mich in nostalgischen Erinnerungen. Ich sah mich zurückversetzt in eine Zeit, als es Coca-Cola ausschliesslich in Literflaschen aus Glas gab und der Drehverschluss noch aus Metall war. Mein adoleszentes Gegenüber musterte mich ob diesen Denkwürdigkeiten schulterzuckend und verwundert: Für ihn gibt es Cola seit jeher in unkaputtbaren Plastikflaschen, und der Verschluss war immer aus Kunststoff. Im weiteren Verlauf des anschliessenden Gesprächs stellte ich meinerseits verwundert fest, dass dieser junge Mensch nur einen Papst kennt. Bei «The Day After» denkt er an Kopfschmerzen nach einer Party, nicht an einen apokalyptischen Film.

Der Schokoriegel Twix hat nie Raider geheissen, und er hat nimmer ein Snickers mit roter Verpackung gesehen. «Was sind Treets?» fragt mich mein junger Freund, als ich ihm von den leckeren Schokodingern erzähle. Er hat keine Ahnung, woher Fünfermocken ihren Namen haben und dass man mit 40 Rappen acht Fünfermocken oder eine Briefmarke kaufen konnte. Ein Mensch seines Alters hat nie das echte Pac Man gespielt (ganz zu schweigen von Zazzon) und hat noch nie einen Schwarzweiss-Fernseher mit drei Programmen gesehen. «Wetten dass...?» war immer mit Thomas Gottschalk und meinem Gegenüber ist es absolut egal, wer J.R. erschossen hat – «Wen?». Die CD wurde vor seiner Geburt erfunden und er ist nicht im Stande, sich ein Leben ohne Walkman vorzustellen. Walkman? Demonstrativ holt mein jugendlicher Tischpartner seinen MP3-Player aus seiner Tasche, und unter dem

Tisch lugten seine trendy Adidas-Turnschuhe im Retrolook hervor. «Die gabs zu meiner Zeit für unter 50 Franken», hörte ich mich – auf die Turnschuhe zeigend – sagen und fühlte mich sogleich uralt. Voll in Fahrt klärte ich den jungen Spund zudem auf, dass die Nummer 111 gratis Auskunft gab und ein Anruf in einer Telefonkabine nur einen Mindesteinwurf von 20 Rappen benötigte. In diesem Moment klingelte das ultraleichte Handy meines Visavis und ich entsann mich der Krabbeltage der mobilen Telekommunikation, als die Swisscom noch ein Teil der PTT war und das Handy Autotelefon hiess und schwerer war als der Koffer eines Weltreisenden. Und wie alt fühlen Sie sich heute?

Richard Reich Christoph Schuler Katja Alves Bänz Friedli Jean-Luc Wuki **Linus Reichlin** .nlnu Hans Georg Hildebrandt Gisela Widmer Max Küng Ernst Soler Thomas Widmer

Ärger mit der Polizei

Bei einem Waldspaziergang stiess ich auf eine Gruppe von Polizisten ohne Schäferhunde. Ich fragte sie, was los sei, und erfuhr, dass es sich um eine Übung handelte, bei welcher junge Polizisten lernen sollten, wie man eine im Wald verscharrte Leiche findet. Ob man dazu nicht Schäferhunde brauche, fragte ich den Ausbildungschef. Nein, sagte dieser, man könne es auch sehr gut mit langen Stöcken tun. Ich sagte, dass auf mich als Laien der Einsatz von Schäferhunden professioneller wirken würde. Daraufhin erklärte mir der Ausbildungschef in verschärftem Ton, das Suchen einer im Wald vergrabenen Leiche einzig und allein mit langen Stöcken sei eine weltweit anerkannte Methode. Ich beschloss, keinen Schritt zurückzuweichen, und fragte etwas spitz, ob die Zürcher Kantonspolizei sich vielleicht ganz einfach keine Schäferhunde leisten könne und nun versuche, aus der Not eine weltweit anerkannte Methode zu machen. Es kam zum Eklat. Denn nun wagte es einer der Polizeilehrlinge, wahrscheinlich ermutigt durch meine Renitenz, den Ausbildungschef zu fragen, ob eine Leichensuche, bei der kein Helikopter zum Einsatz komme, überhaupt realistisch sei. Man sei hier nicht in «Derrick», brüllte nun der Ausbildungsleiter, sondern im Sihlwald! Hier würden Leichen noch von Hand gefunden, ohne diesen Helikopter-Firlefanz. Und überhaupt habe er die Nase voll, schrie der Ausbildungschef. Er habe aufgehört zu rauchen, aber jetzt fange er wieder an!
Ein Eichelhäher war zu hören. Dann das Zischen eines Streichholzes. Dann ein Specht. Um die Wogen zu glätten, sagte ich in die gespannte Stille hinein, dass es mir eigentlich egal wäre, wenn die Spechte aussterben und durch an Bäumen befestigte Tonbandgeräte ersetzt würden. Denn man sehe ja sowieso nie einen, und das, was man von den Spechten höre, könne genauso gut ein Tonbandgerät wiedergeben. Der Ausbildungschef blies mir den Rauch seiner Zigarette ins Gesicht und sagte leise, er rate mir jetzt dazu,

meinen Spaziergang schleunigst fortzusetzen. Als ich weit genug von der Gruppe entfernt war, drehte ich mich kurz um und rief: «Ohne Schäferhunde werdet ihr hier keine Leiche finden!» Aber meine Worte wurden durch das Hämmern der vielen Spechte bis zur Unkenntlichkeit zerhackt.

Etwas später kam ich zu einer Schweizer-Familie-Feuerstelle. Aber mir fehlte alles, der Cervelat, das Sackmesser und die Lust, ein Feuer zu entfachen. Ich sagte mir, dass das sicher vielen Leuten so geht. Plötzlich fand ich es unverständlich, dass es in unseren Wäldern keine Spezialgeschäfte für den Cervelat-Bratbedarf gibt, in denen man sonntags zugespitzte Bratstecken, eingeschnittene Cervelats und Takeaway-Feuer in hitzeresistenten Tragbeuteln kaufen kann. «Und meinetwegen», dachte ich, «auch noch lange Stöcke für den Hobby-Leichensucher.» Zum Schluss wurde mir bewusst, dass in der angeblichen Konsumgesellschaft im Grunde nur sehr wenige Dinge gekauft werden können.

Herbstliche Depressionsfront

Im Herbst, wenn die Krähen in den Nebelfeldern herumflattern und «Coca-Cola! Coca-Cola!» krächzen, muss ich immer an jenen Mann denken, der in seinem Wohnzimmer auf einen Stuhl stieg. Gerade als er sich die Schlinge um den Hals legen wollte, merkte er, dass draussen die Sonne strahlte, die Vögel zwitscherten, woraufhin der Mann dachte: «Bei so schönem Wetter sollte man sich eigentlich im Freien erhängen.»
Im Herbst lese ich aber auch besonders intensiv Partnerinserate und komme dann ins Grübeln. «Ich bin ein fröhlicher, weit gereister, sensibler Fisch», las ich kürzlich. «Ich bin 43 Jahre alt und suche eine aufgestellte, unkomplizierte Partnerin für eine gemeinsame Zukunft.» Also ein Fisch, okay, aber welcher?
Forellen werden lange vor ihrem 43. Lebensjahr entgrätet, Haie wiederum gelten als unsensibel, und Eglifilets im Bierteig sind zwar fröhlich, aber «weit gereist»? Dazu müsste der Teller schon etwas grösser sein! Nein, dieses Inserat war definitiv der einsame Gesang eines Buckelwals, laut Lexikon 29 Tonnen schwer, mit knotigen Hautverdickungen an den Flossen und 400 schleimigen Barten am Oberkiefer – kein Wunder, dass er eine «unkomplizierte Partnerin» suchte!
«Dieser Wal», dachte ich, «wünscht sich eine einfach gestrickte Pilotfischin, die ihm an düsteren Herbstabenden bei romantischem Neonfischlicht aphrodisierende Planktonhäppchen zwischen die Barten schiebt. Während sie ihm dann die Rückenflosse massiert, prahlt er mit seinen gefährlichen Reisen ins Japanische Meer und verspricht, ihr eines Tages die Harpune zu zeigen, die er mal verschluckt hat.» So viel zu Partnerinseraten im Herbst, einer Jahreszeit, in der man eigentlich Gedichte lesen sollte. Zum Beispiel von Heinrich Heineken, einem Dichter, der das ganze Mittelalter hindurch im Bett lag. Keine Ahnung, warum sie ein Bier nach ihm benannt haben, aber es schmeckt. Ich trinke es im Herbst jeweils

so lange, bis ich fähig bin, mich auf eine Nebelbank zu setzen. Auf dieser lese ich dann das berühmte Herbstgedicht «Wer jetzt online ist, wird es lange bleiben». Oder ich singe eine Oper, oder ich denke: «Wenn Adolf Ogi zurücktritt, wird es niemanden mehr geben, der auf internationalen Empfängen mit roten Backen schlecht Englisch spricht!»

Darüber vergiesse ich dann «gar salzige Tränen», wie Heineken es nannte, «in herbstlicher Melancholey». Man sollte sich gar nicht auf diese verdammten Nebelbänke setzen, man wird nur trübsinnig! Man denkt: «Ach, wenn die Israeli und diese schlecht angezogenen Araber doch endlich Frieden schliessen könnten!» Oder: «Ach, wenn Christiane Brunner doch ein Mann wäre!» Oder: «Oh, das Telefon klingelt.» Es war mein einziger Freund Patrik. Er sagte, sein Fernseher sei soeben kaputtgegangen, und jetzt überlege er sich, ob er seine Ex-Frau bitten solle, ihn wieder zu heiraten. «Lass lieber den Fernseher reparieren», sagte ich. «Aber im Herbst braucht der Mensch ein bisschen Wärme!», rief Patrik. «Dann schmieg dich an den Radiator», riet ich ihm, «und erzähl ihm von deinen gefährlichen Reisen ins Japanische Meer.» Leider versteht einen manchmal selbst der einzige Freund nicht.

Solidarität mit Habib Schamun!

Ich sass in der Sauna und fragte mich, warum die Fliegen nach fünfhundert Jahren immer noch nicht begriffen haben, dass Glas zwar durchsichtig, aber undurchlässig ist. «Ist das eine Affenhitze hier drin», sagte ich zum Herrn neben mir. «Mir tuts gut», murmelte er, worauf ich ihm die Geschichte vom geisteskranken Saunameister in Helsinki erzählte. «Er verriegelte die Saunatür», sagte ich, «und manipulierte am Temperatur-Regler herum mit dem Effekt, dass eine Gruppe japanischer Geschäftsleute im Dampf schonend gegart wurde.» «Apropos Ausländer», sagte der Herr, «kürzlich assen meine Frau und ich in einem libanesischen Restaurant. Als wir den Wirt für sein preiswertes Menü lobten, sagte er doch tatsächlich: 'Jaja, das ist ein gutes Restaurant, lauter Qualitätsgäste, 99,9 Prozent Schweizer!' Wenn das kein Rassismus ist!»

Am nächsten Tag langwelite ich mich sehr. Beim Gähnen kam mir der Gedanke, diesen libanesischen Wirt wegen Verstosses gegen das Anti-Rassismus-Gesetz anzuklagen. «Das wird bestimmt lustig», dachte ich und erstattete Anzeige gegen Habib Schamun, Wirt des Restaurants «Goldener Libanon». Zwei Monate später war die Verhandlung. Als Schamun den Gerichtssaal betrat, klopften ihm ein paar Skinheads widerwillig auf die Schultern. «Herr Schamun, stimmt es», fragte der Richter, «dass Sie am 3. März zu einem Gast sagten: 'Ich habe lauter Qualitätsgäste, 99,9 Prozent Schweizer'?» «Perfekt richtig!», sagte Schamun.

«Herr Schamun», sagte der Richter, der übrigens aussah wie das sozialdemokratische Pendant zu Samuel Schmid, «wenn ein hungriger, regendurchnässter Schwarzafrikaner in Ihr Restaurant kommt, was tun Sie dann?» «Na was wohl», rief Schamun, «ich schmeisse ihn raus! Sonst kommen die Schweizer nicht mehr!» «Aber warum», fragte der Richter, «wollen Sie unbedingt Schweizer als Gäste? Afrikaner sind doch viel lebenslustiger! Sie können besser tanzen als Schweizer! Schweizer», sagte der Richter eine Spur zu laut, «sind verklemmt, intolerant und unsolidarisch!» «Allah ist mein Zeuge», rief Schamun, «ich will Schweizer Gäste! Foltert mich, und ich rufe: Schweizer will ich! Tötet meine Familie, und ich rufe noch lauter: Schweizer! Schweizer!» «Es lebe der Libanon!», schrie einer der Skinheads, worauf die Verhandlung im Tumult endete.

«Es müsste doch möglich sein», sagte ich tags darauf in der Sauna zu einem älteren Herrn, «gentechnisch verbesserte Fliegen herzustellen, die, wenn sie gegen eine Fensterscheibe knallen, sofort merken: Aha, Glas, hier gehts nicht raus.» «Hatten Sie schon mal einen Infarkt?», fragte der ältere Herr, «also ich hatte mal einen in Hongkong.»

Ich wechselte in die gemischte Sauna, zog den Bauch ein und schaute an die Decke. «Gregor», hörte ich eine nackte Frau sagen, «ein komischer Name. Der heisst bestimmt Georg, und du hast es nur nicht gemerkt.» «Nein, der heisst Gregor», sagte eine andere nackte Frau, «er hats mir doch buchstabiert!» «Allmählich», sagte ich zu mir selbst, «entwickle ich ein gewisses Verständnis für jenen geisteskranken Saunameister aus Helsinki.»

Kugellagers lautes Stöhnen

Ich schaute mir im Kino einen brasilianischen Film an, er hiess «Heisse Nächte auf der Plantage». Es ging darin um die Tochter eines Tabakfarmers, die sich unsterblich in die fünfzig Arbeiter ihres Vaters verliebt hatte. Nach Sonnenuntergang versammelten sich die fünfzig Arbeiter unter dem Schlafzimmerfenster von Rolema, so hiess die Tochter, und riefen: «Rolema, Nymphchen, lass uns in dein Bett, wir habens verdient!»
In der Reihe vor mir sass ein älterer Herr, der sich den Film konzentriert anschaute und dabei stöhnte, vermutlich aus Mitleid mit Rolema, die unter der Last der Arbeiterschaft zusammenbrach. Ich tippte dem Herrn auf die Schulter und flüsterte: «Wussten Sie, dass Rolema auf Deutsch Kugellager heisst?» «Hau ab!», zischte der Herr, aber ich bin es gewohnt, dass die Leute allergisch auf mich reagieren. «In Brasilien», fuhr ich fort, «dürfen die Eltern einem Kind nämlich die verrücktesten Vornamen geben.» «Arschloch!», rief der Herr und setzte sich an einen anderen Platz. «Ganz richtig, auch Arschloch», sagte ich, «die brasilianischen Namensämter verlangen nur, dass es sich bei dem Namen um ein bekanntes Wort handelt.» «Hol dir endlich einen runter!», brüllte mir jemand in den Nacken. Offenbar schien es in diesem Kino niemanden zu interessieren, dass der Polizeichef der Grossstadt Goiania Hitler-Mussolini Pacheco heisst.
Also wandte ich mich wieder dem Film zu, in dem die schöne Kugellager ihren Vater gerade bat, Jesusbart, den vitalsten der fünfzig Arbeiter, heiraten zu dürfen. «Aber Barba de Jesus ist doch schon mit Xerox-Copia verheiratet!», empörte sich der Vater, worauf Kugellager die Augen gefährlich zusammenkniff. «Nicht mehr lange», flüsterte sie. In der Nacht traf sie sich hinter der Tabak-Häckselmaschine mit dem Hausdiener José Casou de Calcas Curtas. Während er mit ihr die so genannte italienische Leuchte machte, keine Stellung übrigens für Leute mit Bandscheibenproblemen,

steckte Kugellager ihm einen Voodoo-Pfeil ins Schulterblatt. An diesem Punkt begann der Film mich intellektuell zu überfordern. «Warum hat sie ihm denn jetzt», fragte ich den Zuschauer hinter mir, «diesen Pfeil reingesteckt?» «Weiss nicht», keuchte der Mann, «und ist mir gerade auch saumässig egal.» José Casou de Calcas Curtas praktizierte nun mit Xerox-Copia, der von Kugellager gehassten Ehefrau von Barba de Jesus, die Variante «atergo». Als der offenbar verhexte Calcas Curtas ein unter den Laken verstecktes Messer hervorzog, schickte ich ein SMS an meine einstige Freundin Laura: «Warum stöhnen Frauen beim Sex eigentlich lauter als Männer?» Xerox-Copia war noch keine fünf Minuten tot, da SMSte Laura zurück: «Weil sie dafür bezahlt werden.»
Diese Antwort befriedigte mich nicht. Nachdenklich verliess ich das Kino und bestellte an einem Kebabstand einen Döner ohne. «Ohne was?», fragte der Standwirt. «Ohne was Sie wollen», sagte ich, «wichtiger ist doch die Frage, warum Frauen beim Sex lauter stöhnen als Männer, was meinen Sie?»
Der Standwirt schielte beim Nachdenken ein bisschen, dann sagte er: «Die Weiber haben ihre Gefühle nicht im Griff, das ist meine Meinung. Also ohne Zwiebeln oder was?»

Richard Reich Christoph Schuler Katja Alves Bänz Friedli Jean-Luc Wicki Linus Reichlin **-minu** Hans Georg Hildebrandt Gisela Widmer Max Küng Ernst Soler Thomas Widmer

Crèmeschnitten

Sie müssen diese schweinchenrosige Fondantschicht auf dem obersten Blätterteigbalken haben. Nur dann sind sie richtig. Es gibt solche, die sind einfach mit Puderzucker überstäubt. Ich weiss nicht, was sich ein Bäcker bei so etwas denkt. Ich meine: Eine Crèmeschnitte ohne den glänzenden Fondantguss in der Farbe eines Huts der Queen ist nur eine gewöhnliche Schnitte – wie die Queen ohne rosa Hut auch. Der Guss macht es aus. Der Guss ist quasi die Krönung der Gier – um im aristokratischen Bild zu bleiben. Unser lieber Vater mit dem Gemüt eines Putzeimers konnte uns das crèmige Schnitten-Erlebnis mit Schenkelklopfsprüchen vom Feinsten zur Sau machen: «Im Militär gabs die auch immer wieder zum Dessert. Wir nannten sie Eiterriemen - uähähä.»
«Hans!», warf Mutter einen gepeinigten Blick zum Vater ihres Kindes. Und dann unsicher zu Tante Imelda, welche die Schnitte dezent in kleinsten Gabelbissen reinzwitscherte und die Augen vornehm gesenkt hielt: «Ich habe nichts gehört, Lotti – aber ich hab dich immer vor ihm gewarnt!»
Dann stach die vornehme Tante mit der Gabel temperamentvoll in den rosigen Fondantriemen. Sie lächelte diabolisch dabei – vermutlich stellte sie sich vor, der Riemen sei der vom Vater.
Und «iss nicht so gierig» wurde das Kind ermahnt, das sich, kaum hatten die andern den ersten Bissen reingemümmelt, bereits mit der nassen Fingerkuppe die letzten Krümel auftupfte. «Weshalb kannst du nicht jeden Bissen 36-mal kauen...!»
Ja bin ich denn eine Seekuh? Mit dem 36-mal-Kauen haben sie mich auch bei Wienerschnitzel, Schwarzwäldertorte und Speck auf Bohnen madig gemacht. Ich bin nun mal der Staubsauger-Schling-Typ: drüber und weg! Nun sind solche süssen Dinge wie Crèmeschnitten natürlich seit Jahren bei mir out. Cholesterin, Hosengrösse 52 und Zahnfleischschwund sind nur einige der Schlagwörter, welche mir das Süsse verbittern. Allerdings ist das medizini-

sche Verbot reine Theorie. Praktisch kann ich an keinem Schaufenster vorbeigehen, in dem eine Crèmeschnitte in der Auslage liegt. Wenn sie dann noch einen rosa Deckmantel auf der letzten Lamelle trägt...naja. Der Staubsauger surrt! Sterben müssen wir alle. Und schöner ists mit Zuckerguss. Mein Mentaltrainer hat mir empfohlen, beim Aufkommen der Gelüste an etwas Schreckliches zu denken. Ich stehe also vor der Bäckerei und denke an meine Steuererklärung. Oder an ein politisches Musikantenstadl mit Blocher. Oder an Tante Friedas offene Beine. Zehn Minuten später sitze ich auf einer Parkbank und stosse drei Schnitten rein. Der Zuckerguss war stärker als alles Schreckliche dieser Welt. Kürzlich hat mich ein kleines Mädchen bei der schändlichen Tat im Park still beobachtet. «Hau ab», knurrte ich die Kleine an, «hast du keine Hausaufgaben?!» «Mein Vater sagt den Crèmeschnitten 'Eiterriemen'...» kicherte das Mädchen. Die Zeit holt dich ein. Mit oder ohne Zuckerguss.

Der Witz

Grossmutter war am ärgsten. Sie kannte einen Witz. Einen nur. Aber den servierte sie erbarmungslos. Und überall. Mutter ging die Äste hoch. Sie empfand ihre Schwiegermutter ohnehin als einen schlechten Witz, den ihr das Schicksal in die Ehe reingemischelt hatte. Entsprechend protestierte sie bei ihrem Ehemann: «Wenn deine Mutter wieder mit dem Witz vom Trämler und der Nonne anfängt, reiche ich ihr das Salzfässchen mit Arsen...» Vater blätterte sich durch die Todesanzeigen: «Ach, lass sie doch. Sie ist ja total harmlos...»
«Harmlos?!» – Mutter gab Gas: «Sie versaut mir alle eleganten Einladungen. Ich gebe mir Mühe, poliere das Silber und buckle einen Sechsgänger aus der Pfanne – dann kommt dieser alte Furz und macht mit einem Witz alles kommun!» Vater legte die Zeitung zur Seite: «Wir können die Omi schliesslich nicht narkotisieren. Zugegeben, sie ist ein einfaches Gemüt. Aber das ist kein Grund dafür, dass wir uns ihrer zu schämen brauchten. Die Schmids kochen bei ihren Witzen auch nur mit Wasser...» Mutters Stimme wurde schrill: «Mit Wasser? Nein. Die Schmids erzählen k e i n e Witze! Die sind zu vornehm für so etwas. Er spielt Golf. Und sie Beethoven. Ausgerechnet bei denen kommt unser alter Familien-Runzel und bringt die Geschichte vom Trämler und der Nonne...»
An Mutters Einladungen herrschte entsprechend eine derart gespannte Stimmung, dass man daran hätte Wäsche aufhängen können. Ich stierte jeweils gebannt zur Omi, wann sie endlich mit der Nonne loslegen würde. Die Omi liess mich nie im Stich. Sie gab das Letzte – bis zur bitteren Pointe.
Nun beschenkte mich das Schicksal prompt mit einem Dauerwitz als Lebensgefährten. Da vergeht kein Tag ohne «kennt ihr den?». Sie kennen ihn alle. Aber sie sagen «nein, nein – leg los!». Dann lassen sie meinen Freund draufloswitzeln, nur um hintenrum mies über seine kommune Neigung reden zu können. Deshalb: «Ich

flehe dich an – wenn die Ingolds kommen, erzählst du k e i n e n von diesen Witzen. Und schon gar nicht den von der Blondine und dem Frosch. Es sind feine Leute – er doziert altes römisches Recht und sie macht koreanisches Joga...»
Es gab das Rosenthalservice und die steife Pracht. Beim Café ging endgültig der Gesprächstoff aus.
«Also...», trompete mein Freund los. Ich kippte ihm geschickt ein Glas Rotwein über die Krawatte und rubbelte derart intensiv am Hemdenkragen herum, dass er keine Luft mehr bekam und der Witz erstickte.
Ich tat scheinheilig in Zerknirschung und wollte das Gespräch mit einer geliehenen Ansicht über die neuste Monteverdi-Inszenierung wieder in kulturelle Bahnen leiten, als Professor Ingold sich hüstelnd räusperte: «Also, ich kenne da einen Witz...» «Karl-Heinz!», bellte die Angetraute schroff und kickte ihm unter dem Tisch mit den Hackepumps ans Schienbein. Der Professor juckte hoch: «Ach, nur den von der Nonne und dem Trämler...» Man kann über die Omi sagen, was man will – sie hat ihn besser erzählt.

Kleinkriege

Heute Morgen ist die Zahnbürste schon wieder falsch herum dagestanden. Ich meine: Kopf nach links. Jeder einigermassen vernünftige Mensch weiss, dass Zahnbürstenköpfe nach rechts zu schauen haben. So etwas hat der Mensch doch einfach im Gefühl. Aber nein: nach links. Nur um mich zu ärgern!
Ein Schlirgg von dieser giftgrünen Zahnpasta, die ich ohnehin nicht ausstehen kann, krustete auch im Becken. Von der Haarbürste ganz zu schweigen. Die lag neben dem Schlirgg. Total behaart. Da lernst du die Menschen so richtig hassen.
Jetzt weiss er wieder etwas besser. Aus der Küche tönt ein Gemurmel, das sich im Ton präzis so laut steigert, damit ichs im Badezimmer gerade noch mitkriegen kann: «Tausendmal schon habe ich ihm gesagt, er soll die Teller von Hand vorspülen. Aber er kapierts einfach nicht? Nun muss alles nochmals durch die Maschine – überall hats eingetrockene Essresten und...»
Ok. Gestern, nach diesem Kochstress für Freunde, dem Geköch von Spaghetti an einer Knoblauchsauce und einem hausgemachten Tiramisu, das nicht aus dem Beutel kam, war ich so abgeschlafft wie eine Luftmatratze, auf der 20 Sumo-Ringer Hoppe-Reiter gespielt haben. Er ist natürlich hocken geblieben. Hat seine Witzchen gerissen. Rumcharmiert. Und i c h schleppte derweil total schlaff und mit offenen Beinen die Teller in die Küche, warf sie in die Spülmaschine – und Knopfdruck mit letzter Kraft. Ich meine, wenn ich die Dinger noch lange vorwaschen muss, weshalb habe ich dann eine Spülmaschine?. Und nun also sein Gemecker auf nüchternen Magen!
Während er süffisante Bemerkungen aus der Küche tröpfeln lässt («die Kaffeemaschine ist auch nicht abgestellt – muss sich ja keiner über unsere Stromrechnung wundern!»), hangle ich nach seinem Frottiertuch, das er nach seiner Morgendusche einfach auf

den Boden gleiten liess. Das tut er JEDES MAL. JA IST ER DENN DIE VENUS IM BADE?! Abgesehen davon pfützt rund um die Duschkabine ein Stausee hoch zehn. Das kommt nur davon, dass er den Vorhang nie richtig zuschliesst. «Kann er denn nie den Vorhang richtig zuschliessen», knurre ich nun in Richtung Küche und verstärke den Ton erheblich, weil da seine beiden Hörapparate auch noch neben dem Zahnglas liegen. Letzteres u n g e s p ü l t. Natürlich!
Das Erfreuliche am gestrigen Tag war dann ein Mittagessen mit meinem Göttibuben. Oliver ist verliebt. Sie heisst Nancy und beide haben den totalen SMS-Verkehr. Pausenlos piepst sein Kleinapparat in der Hose und «du solltest sie mal sehen, wenn sie schläft», strahlt Olli. Vor 17 Jahren hat er sich noch die Windeln vollgeschissen, nun will er mir die Liebe erklären. «Ihre Wimpern zittern ganz leicht. Und ihre Nasenflügel...»
Ok. Diese Flötentöne kenne ich. Alles vor Jahren schon abgebongt. Auch seine Nasenflügel haben gebebt. Stundenlang bin ich wachgelegen und habe verzückt das leise Zittern seiner Unterlippe betrachtet. Auch heute noch liege ich stundenlang wach. Aber nur, weil er schnarcht wie ein Walross.
«Geniesse den Moment», rate ich Oliver. Bald kommt die Zeit, da die Zahnbürste falsch herum im Glas steht.

Richard Reich Christoph Schuler Katja Alves Ranz Fredli Jean-Luc Wicki Linus Reichlin mimi **Hans Georg Hildebrandt** Gisela Widmer Max Küng Ernst Sohr Thomas Widmer

Capuns in Neujork

«Hoi zäme und willkommen bei der vierhundertsten Ausgabe der Sendung Swissdate. Mein Name ist Patrizia Boser, und ich präsentiere euch heute wieder zwei Singles, die unter drei Damen beziehungsweise Herren ihr Herzblatt auswählen dürfen. Und hier ist auch schon Single Nummer eins: Er heisst Gion Mathias Cavelty!»
Das Publikum im Studio 1 von Tele Züri ist wie immer sehr eng platziert und trägt mehrheitlich gequälte Mienen. Wir sehen ein kurzes Video, das den Kandidaten beim Besuch an der Uni Fribourg und mit einem Dozenten im Gespräch versunken zeigt.
In einer weiteren Sequenz sitzt Cavelty in seinem Arbeitszimmer am Computer und schenkt dem Kameramann ein neckisches Lächeln. Danach begleitet ihn die Kamera ins Bad, wo er sich kämmt und einige Spritzer «Eau de Tanathos» hinter die Ohren reibt. «Für den Ausgang!» Ins Studio tritt, in Schwarz gekleidet, schmalgesichtig und mit Brille, der Bündner Jungliterat Cavelty. Er hatte im Februar 1997 mit seinem Erstling «Quifezit oder eine Reise im Geigenkoffer» einiges Aufsehen erregt und ging mittlerweile gegen Mitte zwanzig.
Böse Zungen behaupteten damals, Suhrkamp-Verleger Unseld wolle einfach alle zwei Jahre ein neues Schweizer Talent in die Buchhandlungen bringen, um an diesem zu kleinen Markt wieder mal ein bisschen Geld zu verdienen. Aber Unseld, Ende 1997 verstorben, hatte das Talent des Jungautors genau erkannt. Cavelty hatte folgerichtig nach seinem Erstling ein Stipendium von der Stadt Zürich erhalten: ein Werkjahr in New York.
Dieses Werkjahr war vor einem runden Monat zu Ende gegangen. In der Zeitschrift «du» hatte er jeden Monat über seine Arbeit in New York berichtet («Auf den Spuren der Bündner Zuckerbäcker»). Im Verlauf seiner USA-Zeit hatte sich Caveltys Freundin leider mit einem Eishockeyspieler beim HC Davos eingelassen und dem Literaten schliesslich den Laufpass zugespielt.

Beim Swissdate-Barman bestellt Cavelty jetzt souverän einen «Sex-on-the-Flüela mit gut Wodka drin, Mann».
«Gion-Mathias, wie geht es dir nach dem Ende deiner Beziehung, die ja sicher auch ein Stück weit Inspiration für dein erstes Buch gewesen ist?» «Ja, sie war natürlich meine Muse, meine Calliope sozusagen...» «Würdest du dich als Opfer des erbarmungslosen Literaturbetriebs bezeichnen?»
«Ehm...Herr Unseld war eigentlich sehr...»
«Und du kommst eben aus New York zurück und suchst jetzt eine neue Freundin.»
«Kein schöpferischer Prozess kommt ohne Bezug zur Realität aus, das weiss ich von Adolf Muschg. Ich habe deshalb beschlossen, meine Suche nach einer Partnerin in der Öffentlichkeit...»
«Gion, du bist ein aufgestellter Typ, hast du eigentlich Hobbies?»
«Hobbies...wenn man meine Spaziergänge am Ufer des Oberrheins hier anführen will, wo ich unter Autobahnbrücken nach bedeutungsvollen Graffitis suche. Ich finde es schön, dass im Bündner Wort ‚Sgraffito' die grosse Zukunft der Wandmalerei schon fast vorweggenommen...»
«Und hier sind unsere drei Single-Frauen, denen du je drei Fragen stellen wirst! Sandy! Sie ist Freelance-Kosmetikerin, ihre Hobbies sind Mode, Ausgehen und ihr dreijähriger Neufundländer. Unser Barman mixt ihr gleich einen Drink. Unsere zweite Single-Frau heisst Mandy! Die dreiundzwanzigjährige Bankangestellte hat leider zu wenig Zeit zum Reiten und geht leidenschaftlich gern ins Aerobic, wo sie aber den Mann ihrer Träume noch nicht angetroffen hat. Und schliesslich haben wir noch Sindy! Sie ist Rayonleiterin Charcuterie bei einem Grossverteiler, es ist NICHT die Migros. Sindy kocht gerne und würde am liebsten jeden Abend für ihren Traummann ein Mahl bereiten.»
«Kann ich jetzt meine Fragen stellen? Sindy, ich verbringe meine leider spärliche Freizeit gerne im Schiesskeller der Churer Stadtpolizei. In welcher Ausgabe von Goethes Farbenlehre, die noch zu Lebzeiten des Meisters herauskam, gibt es einen Druckfehler auf

Seite 287?» Sindy bricht in Tränen aus. «Weißt du es, Mandy? Das kann doch nicht so schwierig sein.» Mandy bricht in Tränen aus. Sie ist nur mit Mühe davon abzuhalten, den Inhalt einer Dose Valium mit ihrem Drink runterzuspülen.

Patrizia Boser steht ratlos da. «Ehm, Gion, eigentlich ist das nicht ganz die Idee...wenn du deine nächste Frage etwas...und wir haben das doch vorbereitet...» «Erst ist Sandy dran. Weißt dus?» Sandy antwortet: «Lieber Gion-Mathias, ich würde dich zu einem Wochenende in Chur und ins beste Hotel einladen, wo in der Hochzeitssuite schon ein Blumenstrauss und eine Flasche Moët warten würden. Ausserdem habe ich kein Höschen an.» Stürmischer Applaus im Studio 1.

Der Kandidat setzt irritiert seine Brille ab. Frau Boser tupft sich Schweissperlen von der Stirn, macht eine Polaroid-Foto von Mandy und Gion oder Sindy und Gion und sagt: «Ja, also ihr seid heute abend ins Restaurant Arvenstube an der Nüschelerstrasse eingeladen und bekommt zwei Freitickets für die Lesung von Günter Grass im Zürcher Literaturverein, offeriert von der Kulturredaktion der Weltwoche...»

Cavelty fällt Patrizia Boser ins Wort. «Aber ich war noch nicht fertig! Ich wollte noch fragen, über wie viele Seiten die Beschreibung des Schildes von Achilles in der Iljas geht! Und kannst du, Sindy, den letzten Satz meines erfolgreichen, bei Suhrkamp erschienenen Erstlings 'Quifezit oder eine Reise im Geigenkoffer' auswendig und weißt du, in wie vielen Zeitungen er besprochen wurde?»

«Ich wollte gar nicht hierher kommen», heult Sindy, die eine Wodkaflasche in den Händen hält und aufgelöst aussieht. «Meine Kollegen haben mich angemeldet, ich will nach Hause...» Das Publikum fällt über den Barmann her. Ein aufgestellter Hobbyzauberer übernimmt die Kontrolle hinter dem Tresen. Patrizia Boser bricht in Tränen aus. «Das wars von der vierhundertsten Ausgabe der Sendung Swissdate. Wenn du auch dabei sein willst, dann schreib ein Buch mit Foto an folgende Adresse: Suhrkamp Verlag, Postfach, Frankfurt. Nächste Woche zeigen wir euch, wie Mandy oder

Sandy oder Sindy diesen Autor mit Capuns aus dem Restaurant Sixty-One füttert.» Hinter Frau Bosers Rücken ist der Barmann in ein wildes Knutsch-Match mit einer der drei Kandidatinnen verwickelt. Der zweiten Kandidatin wird eben der Magen gespült und Cavelty wirft sich vor die Kamera. «Nächste Woche bin ich im Talk Täglich! Hören Sie mich, Herr Unseld? Und alle, die einschalten, kommen in meinem neuen Buch vor. Ich nehme 'Nobelpreisträger 200' als nächste Frage! Wer war Walter Bosch?»

Erschienen in Sputnik, April 1997.

Beichtstuhlmusik

Wir hatten Wassermusik, wir hatten Feuerwerksmusik und wir hatten Fahrstuhlmusik. Als neusten Ausfluss der globalen Unterhaltungsindustrie liefert man uns konsequenterweise Beichtstuhlmusik: Die Retortengruppe Gregorian präsentiert zum festlichen Jahresende ihr Album «Masters of Chant». Es kommt daher, als hätte ein verwirrter Doktor den deutschen Schlagerfrisör Guildo Horn mit Uriella gekreuzt und ins Kloster gesperrt.
Das Produkt stellt gemäss Promo-Text «die Popmusik auf den Kopf und konfrontiert sie mit einem Choralstil, der sich um das Jahr 600 unter Papst Gregor dem Ersten in Kirchen und Abteien entwickelte.» Natürlich ist solche Musik nur nach dem Verzehr einer Klinikpackung Ponstan geniessbar. Das aufgeblasene Geseire des Pressetextes, das wie die Musik an die Formation Enigma («Sade, donne-moi, Sade, dis-moi») erinnert, ist einfach ekelhaft. Die «zwölf enigmatischen Choral-Sänger» und ihr «spirituelles Sound-Ereignis» klingen abgeschmackt wie Hostien hundert Jahre jenseits des Ablaufdatums. Das ginge ja alles, und «Brothers in Arms» können sie meinetwegen behalten.
Aber musste sich diese Armee der Schreckensmönche an schönen Songs wie «Vienna» von Ultravox und «Losing my Religion» von REM vergreifen? Dafür werden sie in der Hölle braten. Verzichten Sie auf den Kauf dieses Albums, ausser Sie möchten wissen, wie «Nothing Else Matters» von Metallica klingt, wenn man es mit Millennium-Geraune wattiert. «Ist der Song neu?», könnte man analog zum Weichspüler-Werbespot aus dem Fernsehen fragen. «Nein», wäre die Antwort, «mit Choral gewaschen.»

Erschienen in der SonntagsZeitung am 21. November 1999.

Ende der Zwischenkriegszeit

Von Tank- und Scheisseabsaugwagen umstanden, geniessen die riesigen Flugzeuge auf dem Rollfeld ihre Pause. In ihrem Inneren werden die Sitzflächen der eng platzierten Stühle von brummenden Staubsaugerrohren reflexzonenmassiert. Die Flieger erholen sich dabei von den vielen Stunden, die sie ganz allein in der eiskalten Luft auf 10 000 Metern Höhe verbringen müssen, weil es ihre Pflicht ist, ignorante Geschäftsmenschenhintern von einem blöden A nach einem blöden B zu bringen, jeweils Orte, an die es die wenigsten der Geschäftsmenschen wirklich zieht, es zieht sie nur zur Reise, weg von zu Hause, hin an Orte, wo es Minibars und sterile Bettwäsche gibt, die sie gerne vollwichsen.

Am anderen Tag erzählen die Geschäftsmenschen im nächsten Flieger dem nächsten uninteressierten Sitznachbarn wie sehr sie das Reisen hassen. Und das Flugzeug, das natürlich kein Gefühl hat für Sprache, aber doch ein Wesen ist, das einfache Emotionen wahrnehmen kann wie die Lokomotive Emma in «Jim Knopf und Lukas der Lokomotivführer», der Flieger fühlt sich dann in seiner Hingabe an die persönliche Lebensaufgabe ganz missverstanden.

Dass es ab und zu einen Geschäftsreisenden wie den zugegebenermassen etwas offensichtlich Jesus Zweifler getauften Mann gibt, der aus dem Fenster eines anderen Fliegers auf ein Rollfeld hinabblickt und an den Flieger in seiner Pause denkt, der sich von Tank- und Scheisseabsaugwagen hätscheln lässt und lächelt beim Gedanken daran, wie der Flieger seine Pause geniesst, das kann kein Flieger wahrnehmen.

Flugmaschinen haben zu wenig Elektronik oder menschliche Leidenschaft für das Erzeugen von Komplexität in ihren metallenen Leibern. Darum gewinnt Jesus Zweifler dem Anblick aus dem Fenster ganz vorne in einem dieser kleinen Jumbolinos, wie sie so herzig heissen, also Jesus Zweifler gewinnt dem Anblick der pausierenden Jets auf dem Rollfeld etwas Tröstliches ab.

Er freut sich auch, wenn in beliebigen Medien dank der Börsenmelancholie plötzlich wieder über richtige, menschliche Melancholie geschrieben werden darf, und Jesus freut sich über die Artikel, in denen Menschen sich plötzlich wieder dafür engagieren, dass niemand einfach alles können dürfen soll, nur weil es gerade geht und weil es damit Geld zu verdienen gibt. Dieses Wiederauftauchen von Melancholie ist für Jesus wie ein Frühling, um nicht klischeehaft zu sagen, wie ein warmer Frühlingsregen auf seine von elendem Erfolgsstreben und auch zu vielen Stunden in furztrockener Flugzeugluft leicht angedörrte Seele.

Also doch, denkt sich Jesus Zweifler, ich wusste doch schon immer, dass eine Rezession für die Leute gut ist, und zum Donner, bin ich froh, dass es jetzt endlich wieder mal so weit ist und dieses etwas jämmerliche Figürchen namens Minuswachstum mit abgestossenen Jackettärmeln und einer Rasur von gestern Morgen auf einem schattigen Bänklein vor einer schicken Galerie Platz nimmt und einfach nur an sich selbst erinnert, oder auch an eine Flugzeugtoilette, an die Jesus Zweiflers Flugzeug schon bald voller Wonne einen Scheisseabsaugwagen andocken liesse, wenn die Maschine und Jesus wieder in Zürich gelandet wären.

Erschienen in Kult, März 2001

Richard Reich Christoph Schüler Katja Alvess Bänz Friedli Jean-Luc Riebi Linus Reichlin Hans Georg Hildebrandt **Gisela Widmer** Max Küng Ernst Spörr Thomas Widmer

Der Stau

Der Stau ist die beste Erfindung seit der Erfindung des Rades. Etwas pauschal formuliert; hatte die ganze Zivilisationsgeschichte nichts anderes zum Ziel, als die Entwicklung vom Rad zum Stau, von der Mobilität zum Stillstand. Von der Hektik zur Besinnung. Und dazu musste logischerweise erst das Rad erfunden werden, weil Besinnung kaum lieben kann, wer nicht vorher gelernt hat, die besinnungslose Hektik zu hassen.
Die Aufgabe des Staates wiederum besteht darin, für das Allgemeinwohl und somit für das Glück des Volkes zu sorgen. Darum werden bei uns, die wir eine in der Geschichte noch nie dagewesene hohe Zivilisationsstufe erreicht haben; aus diesem Grund, im Dienst des Allgemeinwohls, werden bei uns mehr und mehr Staus angeordnet.
Diese Theorie, dass also eine der vornehmsten Aufgaben des Staates in der Zwangsanordnung von Staus besteht, kommt vielleicht etwas überraschend. Und darum will ich sie erklären: Angenommen, es gibt keinen Ferienstau.
Das bedeutet: Man arbeitet bis unmittelbar vor Ferienbeginn, ist völlig erschöpft, lädt das Auto, packt die Kinder und auch das Meerschweinchen ins Auto, fährt los, es geht schnell, ohne Stau; schon ist man in Italien, schon muss man Schwimmflügelchen aufblasen, Schwimmflügelchen haben Loch, parallel dazu muss man das erste Mal von vielen Malen das Meerschweinchen zwischen den Pinien suchen gehen, um den Liegestuhl kämpfen, Gelati kaufen, Sonnenschutzfaktor 25 einschmieren, Postkarten schreiben, Postkarten adressieren, frankieren, Briefkasten suchen, Postkarten einwerfen – und ist innert kürzester Zeit derart erschöpft, dass man sagt: «Ich brauche Ferien.»
Im Stau hingegen bleibt einem nichts anderes übrig; als den Motor auszuschalten, den ersten Gang einzulegen, die Handbremse anzuziehen, sich zurückzulehnen, auf die Meta-Ebene hinüber-

zuwechseln oder kurz: einen Zustand zu erreichen, der allgemein als Ferien bezeichnet wird. Doch damit nicht genug: Die Welt des Staus ist auch eine gerechte Welt. Die einen sind wie die anderen; auch die im schnellen Auto kommen nicht vom Fleck. Und alle haben Zeit – um über jene Sachen nachzudenken, für die sie während des Jahres keine Zeit haben.

Wie man, zum Beispiel, ein Fixleintuch einigermassen bündig mit den anderen Leintüchern im Schrank verstauen kann? Wie es passieren konnte, dass Samuel Schmid Bundesrat wurde? (Hallo, Linus!) Warum man ein Huhn, das gerupft, steinbeingefroren, mit abgetrennter Gurgel und offenem Hintern vor einem in der Tiefkühltruhe liegt, warum man ein solches Huhn als «glücklich» bezeichnen darf? Oder auch, etwas allgemeiner: Was wohl, so ungefähr, der Sinn des Lebens sein könnte. Und natürlich hat man im Stau auch endlich Zeit, wieder einmal seine Frau oder seinen Mann anzuschauen. «Aha, mit diesem Menschen auf dem Beifahrersitz bin ich also verheiratet – das ist ja interessant.» Oder: «Unglaublich, wie die Kinder – seit dem letzten Stau – gewachsen sind.» Ich weiss sogar von einem Fall, als ein Mann nach etwa drei Stunden im Stau seine Frau fragte: «Sag einmal, Frieda; das Dritte da hinten links, ist das eigentlich unser Kind?»

Im Stau haben alle gleich viel Zeit. Und Zeit ist Geld. Auch darum, aber nicht darum, sondern aus allen anderen oben erwähnten Gründen ist der Stau eine grosse Bereicherung.

Juck-Jacke

Einmal ist es zu warm, einmal zu kalt. Dann zu windig. Zu regnerisch. Zu trocken. Ausser gestern, ja, das stimmt, war es ganz genau richtig. 15 Minuten lang. Doch 13 dieser 15 Minuten verbrachte ich am Telefon, sodass ich nur zwei der insgesamt 15 idealen Minuten im Garten geniessen konnte.
Dann zog eine Wolke auf. Ich musste noch einmal hinein und eine Jacke holen. Und als ich wieder im Garten war, stellte ich fest, dass die Jacke juckte. Auch passte sie nicht zur Hose.
Am Vortag hatte ich zu viel zu tun. Am Vor-Vortag zu wenig. Beides war schlecht. Heute sehne ich mich nach dem Tag zurück, an dem ich zu wenig zu tun hatte.
Nicht, weil ich heute zu viel zu tun hätte, sondern: Ich muss Dinge erledigen, die ich nicht gerne erledige. So betrachtet sehne ich mich auch nach vorgestern zurück, als ich zu viel zu tun hatte. Immerhin waren es Dinge gewesen, die ich gerne tat.
Pepino fragt, ob es mir heute nicht gut gehe. Die Frage ist sicher nett gemeint, impliziert aber auch, dass ich ruhig etwas netter sein könnte. Morgen werde ich nett sein. Und fröhlich!
Doch morgen wird Pepino sagen, er könne nicht lesen, wenn ich ständig pfeife, und er müsse jetzt wirklich seine Ruhe haben und sich konzentrieren können. Er wird sich also nach heute zurücksehnen, als ich nicht so nett war, er dafür lesen konnte. (Das heisst: Heute könnte er lesen, wenn er wollte, doch heute will er nicht.)
Von diesem Alltag kann man sich verabschieden, indem man in die Ferien fährt. Der Weg ist beschwerlich, aber auf dem ganzen Weg hat man das Bild eines perfekten Ziels vor Augen.
Der Liegestuhl steht bereit. Die Sonne scheint. Das Meer ist blau. Die Bouillabaisse wird gerade vorbereitet.

Dann ist die Bouillabaisse versalzen. (Der Liegestuhl weggeräumt. Es regnet. Das Meer ist aufgewühlt). So ist es, und so wird es sein. Schliesslich hat man mit der Zeit ein bisschen Erfahrung. Und die Erfahrung sagt, dass die Gegenwart nie perfekt ist.
Ausser ganz selten – ungefähr zwei Minuten lang. Und wenn die Jacke nicht juckt.

Alterskult

Ich dachte: Man sollte alt, am besten uralt auf die Welt kommen und dann immer jünger werden, weil man die Jugend nicht schätzen kann, bevor man das Alter kennen gelernt hat. Dann legte ich zwei Gurkenscheiben auf die Augenlieder und entschied, vorübergehend nicht mehr zu denken.
Abgesehen davon, dachte ich weiter, bin ich noch gar nicht alt. Nicht einmal älter. Obwohl Heinz mir vor ein paar Tagen gesagt hatte, ich sei nun eine reifere Frau. Aber Heinz ist nicht repräsentativ. Überhaupt, finde ich, sind Männer nicht repräsentativ.
Am nächsten Tag ging ich zum Arzt. Der Doktor schaute mir in die Augen und sagte, sie seien entzündet. Ich erzählte ihm von der Gurkenscheibenauflegungsübung. Ich müsse immer biologische Gurken einsetzen, sagte der Arzt. Wenn überhaupt Gurken. Denn medizinisch betrachtet sei der Nutzen von Gurken als Waffe gegen den Alterungsprozess im Tränensackbereich nicht erwiesen. Wenn trotzdem Gurken, dann eben biologische, und er gab mir ein Mittel gegen Altersdepressionen.
Dieser obige Abschnitt stimmt nicht. Ich habe ihn erfunden. Wahr ist nur, dass mir der Doktor in die Augen schaute. Und dann sagte: „Wenn Sie so weiter machen, werden Sie nie ein Altersheim von innen sehen!" Ich bedankte und verabschiedete mich und trällerte ein Liedchen und warf die Antidepressiva weg: Eine bessere Dia-

gnose als jene, man werde nie ein Altersheim von innen sehen, kann man sicher nicht erhalten. Weil dies im Umkehrschluss nichts anderes bedeutet, als dass man niemals alt wird. An der nächsten Ecke war eine Apotheke. «Fit bis ins hohe Alter» stand im Schaufenster auf einem Plakat geschrieben. Ich ging hinein und sagte: «Ich möchte fit werden, aber nicht alt. Schon gar nicht hoch alt.» Die Apothekerin reagierte verwirrt.
Dann berichtete sie, dass das Altwerden heutzutage allgemein angestrebt werde, und zeigte auf ein Gestell mit vielen Produkten drauf. Sie waren ziemlich teuer. Ich kaufte eine Tube Zahnpasta. Vielleicht aber hatte die Apothekerin doch Recht: Dass alle Leute möglichst alt werden möchten. Dass die Analyse, unsere Gesellschaft leide an einem Jugendkult, völlig falsch ist.
Richtig ist: Unsere Gesellschaft leidet an einem Alterskult. Und segnet jemand allen Vorbeuge- und Vorsichtsmassnahmen zum Trotz dann doch das Zeitliche, so fragt man voller Entsetzen: «Woran ist er denn gestorben?» Einfach so sterben, ohne Selbstverschulden, kommt heutzutage nicht mehr in die Kränze. Und man atmet auf, wenn sich herausstellt, dass der Verblichene zu Lebzeiten wenigstens ein bisschen getrunken hat. Immerhin an Weihnachten eine Zigarre geraucht. Hin und wieder ein Würstchen genascht. Sonst wär er locker 120 geworden! Wie die Queen Mum, wenn sie nicht so viel getrunken hätte.

Richard Reich Christoph Schuler Katja Alves Franz Fischli Jean-Luc Nicki Linus Reichlin nunu Hans Georg Hildebrandt Gisela Widmer **Max Küng** Ernst Stohr Thomas Widmer

Bart, Teil 1–4

Liebe Anoushka
Ich sitze im Zug nach Zürich. Eben fuhren wir durch ein Dorf, in dem ich ein paar Jahre lang zur Schule ging. Es war ein schreckliches Dorf, damals, und ich nehme an, dass es in letzter Zeit nicht weniger schrecklich geworden ist. Draussen tobt ein Schneesturm. Obwohl mitten im Tag, ist es düster. Ich sah die Kirche ziemlich in der Mitte des Dorfes, und auf dem Friedhof davor eine Gruppe von Menschen stehen. Ein Begräbnis. Die Menschen waren nur dicke Jacken und aufgespannte Schirme.
Scheinbar sind schwarze Winterjacken und Schirme rar. Ein stummer bunter Haufen im weissen Toben drin. Es waren nicht viele Personen. Vielleicht zehn. Und dann waren wir schon wieder weiter, rasten dem Tunnel zu. Es ist gut, dass es jetzt so bitterkalt ist. Ich bin gerüstet. Die fette rote Daunenjacke von Moncler habe ich eben aus der Reinigung geholt, sie liegt bereit, wie auch die Moonboots mit den amerikanischen Sternen drauf; und ich habe aufgehört, meinen Bart zu stutzen. Das passt. Bärte sind scheinbar das Thema zurzeit.
Bartthema 1: Im Schauspielhaus in Zürich, so habe ich gehört, habe der Bigboss der Maskenabteilung verboten, Bärte herauszugeben, damit die Leute nicht provokative Fake-Talibans auf der Bühne zu Gesicht bekommen, was sie ja eh nicht tun würden, weil die Zürcher ja nicht mehr hingehen. Bleiben die Leute vom Theater weg, weil Marthaler einen Bart hat? Meinen sie, er sei ein Taliban? Wendet sich das schicke Zürich wegen seiner wild wuchernden Gesichtsbehaarung von ihm ab?
Bartthema 2: Auf Viva 2 lief ein Special mit dem Titel «Bärte im Rock». Viel fiel denen von Viva 2 dazu natürlich nicht ein. Konnte man ja auch nicht erwarten. «Hotel B.» bereitet sicherlich auch ein Special vor. Als Studiogast: Bo Katzmann. Obwohl: «Hotel B.» muss nichts über Bärte machen, weil «Hotel B.» selber einen hat.

Bartthema 3: Auf der Suche nach endlich wieder einmal einem guten Buch stosse ich auf «Alkor» von Walter Kempowski, sein Tagebuch des Jahres 1989. Ich kaufe es, lege mich hin, lese. Und was lese ich auf der zweiten Seite. «Über Weihnachten nahm ich meine kleine Orgel wieder in Betrieb. Leider funktioniert das Pedal nicht. Heute spielte ich nach alter Sitte den schönen Choral 'Nun lasst uns gehen und treten...'» in der bachschen Version. (...) Seinen Lebtag hat man damit zu tun, sich von dem Mann mit dem Bart zu lösen. Die Calvinisten wussten schon, weshalb sie die Bilder in den Kirchen abschafften.»

Bartthema 4: Im «Blick» wurde eine grosse Leserumfrage gestartet, die sich um eine wunderbare Frage dreht wie ein lustiges Karussell: «Ist ein Bart erotisch?» Die Meinungen waren gespalten. Frauen schrieben so: «Abstossend, die langen Bärte dieser Männer! Da bleibt doch die Suppe drin hängen und die Spaghetti.» Männer so: «Ich bin 73 Jahre alt und demzufolge Rentner. Warum ich einen Bart trage, weiss ich selber nicht. Vielleicht aus Bequemlichkeit, damit ich mich nicht rasieren muss.» Nun. Ich sage dir nur dies: Ein Bart ist eine scharfe Waffe. Ein Bart ist ein Schlag in das Gesicht der «Face»-lesenden Design-Fuzzis. Ein Bart ist Punk. Und: Im Jahr 2002 wird der Bart auch in Zürich DAS begehrte Modeteil sein! Dann schneide ich meinen aber wieder ab, kann ich dir sagen, und lege ihn in die Schublade, die ich mit einem Klebebandstreifen beklebe, auf dem geschrieben steht: «Avantgarde aus der Gestern-Allee».

Liebe erste Grüsse im neuen Jahr

Max

PS: Weisst du, warum Bally seinen Online-Shop geschlossen hat? Ich wollte mir dort einen Lammfellmantel ansehen, der aus einem einzigen Stück gefertigt ist - ein Bart für den Body. Meinst du, das bedeutet etwas, dass der Online-Shop geschlossen wurde? Also: das? Auch die? Oje. Das fängt ja gut an.

Erschienen im Magazin am 5. Januar 2002

Eine was? Ich?

«Na?», sagte Klumpen schnippisch. «Was na?», entgegnete ich, schaute ihn an, der mich anschaute und blind in eine monströse Tüte Charlie-Maisbällchen mit Käsegeschmack aus dem Denner griff. «Wie ich höre», sagte Klumpen, «hast du eine neue Freundin?» «Eine was?» «Eine neue!» «Eine neue was denn?» «Freundin, Frau, weisst schon, Partnerschaft, durch dick und dünn. Das habe ich gehört.» «Von wem?» «Da und dort.» «Stimmt nicht!» «Tja, habe ich aber gehört, mit meinen eigenen Ohren. Ich habe sogar, um präzis zu sein, das Gerücht, du hättest eine Freundin, etwa dreimal öfters gehört, als das Gerücht du seiest schwul.» «Ich bin nicht schwul.» «Aber du trägst enge T-Shirts, obwohl du fett bist.» «Ich, ich, ich...», ich rang nach Worten. Was nur war in Klumpen gefahren, dass er mich so attackieren musste, ...«ich bin nicht fett. Und wo bitte schön liegt da der kausale Zusammenhang?» Klumpen warf sich eine Hand Charlie-Maisbällchen mit Käsegeschmack in seinen Mund und vernichtete sie mit drei kurzen Bissen. Ich zuckte mit den Schultern.
«Vielleicht ein wenig rund, ja. Kann sein. Hab mich ein bisschen gehen lassen. Wird ja auch bald richtig kalt. Winter. Muss man vorsorgen. Wie die Bären. Aber eine neue Freundin habe ich nicht. Du weisst ja, dass ich nicht an Beziehungen glaube, diesen Gefühlshokuspokus. Du weisst doch, dass ich der Meinung bin, dass man immer, immer alleine ist. Ich werde bis ins hohe Alter alleine bleiben. Meine nächste Bindung wird die sein mit der Pflegerin im Altenheim.» «Tja, da habe ich anderes gehört!» Er blickte triumphierend und aber auch bitter.
Klumpen schien offensichtlich irgendwie schlechte Laune zu haben. Und diese ergoss sich weiter aus seinem Mund. In höhnischem Tonfall fuhr er fort: «Apropos du und die Liebe. Arthur Cohn soll wieder einen Oscar bekommen. Ihr baut ihm in Basel jetzt sicher einen Dom. Den Cohn-Dom. Das wird ne super Sache.

Weisst du, wie der neue Film von Arthur Cohn heisst?» Ich schüttelte den Kopf und tat, als hörte ich nicht wirklich hin, sagte aber trotzdem: «Ich respektiere Arthur Cohn als echten Künstler, obwohl ich noch nie einen Film von ihm gesehen habe. Er ist bestimmt ein sehr guter Regisseur – und abgesehen von Emil und Xavier Koller der einzige in Hollywood bekannte Schweizer.» «'Käptn Knackarsch'. So heisst der neue Film von Arthur Cohn. Oder 'Frauen im Suff'? 'Backdoor Action 5'? Ach, ich mag mich nicht mehr erinnern. Weisst du, was mein Vater immer sagte?» Ich schüttelte erneut den Kopf. «Wer Arthur heisst, der ist nicht ganz Hugo.» «Nicht ganz was?» «Nicht ganz richtig, hier oben, in der Rumpelkammer.» Klumpen tippte dreimal mit dem Zeigefinger an seine Stirn. Am Finger hingen hellbraune Charlie-Maisbällchen-Partikel, und er glänzte vor Fett.

«Na, na», sagte ich, «man kann doch niemanden für seinen Namen zur Rechenschaft ziehen. Hat ihn ja nicht selber gewählt, den Namen. Und ausserdem finde ich Arthur noch, nun ja, irgendwie elegant. Nicht dass ich mein Kind Arthur taufen würde. Rimbaud beispielsweise hiess auch Arthur.»

Klumpen nahm langsam die Hand aus der Charlie-Tüte und schaute mir mit kalter Ernsthaftigkeit in die Augen. «Rambo hiess nicht Arthur, sondern John. Das weiss ich zufälligerweise ganz genau.» «Ach», sagte ich ein bisschen resigniert, «was du nicht immer alles weisst.» «Hier», sagte Klumpen und hielt mir wohl als eine Art Versöhnungsgeste die Tüte Charlie-Maisbällchen hin, «ist gut für die Ohren. Und jetzt gehen wir zu Filmriss und holen 'Rambo 3'. Der spielt in Afghanistan.» «Was du nicht wieder alles weisst.» «'Rambo 3' und ein paar Bier.» «Okay, 'Rambo 3', paar Bier aus Sevilla.» «Roger!»

Erschienen im Magazin am 22. Dezember 2001

Weisser Kittel. Angst

Mein Mund: ein Auto. Kein Neuwagen, aber sicher ein Jaguar, Occasion, mit 80 000 Kilometern und weissen Ledersitzen, wenn man einmal bedenkt, was in meinem Mund steckt (und wie billig man heute einen Jaguar mit 80 000 Kilometern bekommt). All das Amalgam. All die Arbeit. All die Spritzen. Deswegen sollte sich mein Zahnarzt freuen, wenn ich ihm die Hand zur Begrüssung schüttle, nachdem ich von meinem Stuhl im Wartezimmer mich erhebe, den «Nebelspalter» weglegend, mich wundernd, dass es den noch gibt. Mein Zahnarzt sollte sich freuen. Er sollte tanzen. Ich bin seine Kohle auf zwei Beinen. Ich schüttle seine Hand. Meine feucht, seine kalt.

Er freut sich aber nicht sonderlich, sondern schickt mich auf den Behandlungsstuhl und macht sich an die Arbeit. Die Maschinerie gurgelt, zischt, kreischt. Ich kralle meine Fingerspitzen in die Sessellehne, als sein Besteck zum ersten Mal in meinen Schlund eindringt und er etwas Besorgniserregendes murmelt unter seinem hygienischen Mundschutz. Irgendwann, ich bin schon fix und foxy, schmiert er mir etwas ins Maul, das dann trocknen muss und härten. Es gibt eine Pause. Ich liege mit sperrangelweit offenem Mund auf dem Stuhl. Mein Zahnarzt geht in seinem gestärkten weissen Kittel zum Fenster, das einen prächtigen Ausblick über die noch schneelosen Dächer der Stadt bietet. Kamine rauchen. Ein Schwarm Tauben dreht hart bei.

All die Zahnärzte, die ich bisher aufsuchte, in meinem löchrigen Leben, haben ihre Praxen in den obersten Stockwerken der Liegenschaften. Ausser natürlich Doktor Schulzahnarzt. Der kam mit dem Bus. Dem Bus des Schreckens, die Antithese des Migros-Wagens. Doktor Schulzahnarzt bescherte mir eine bleibende Erinnerung in Form eines schiefen Zahnes. Ich mag mich gut erinnern, wie der Schulzahnarzt in seinem Bus meiner dorthin bestellten Mutter erklärte, was die Richtung des Zahnes kosten würde.

«Dafür», sagte er zu meiner Mutter, «können Sie ein paar Pullover für den Kleinen kaufen. Der Winter kommt. Er wird kalt.» Beide sahen mich an. Ich war sehr klein. Meine Mutter überlegte kurz und sagte dann: «Pullover.» Sie sagte das nicht, weil sie Materialistin war oder geizig, sondern weil sie die beste Mutter war auf Erden, die ihren lieben Sohn vor dem Leiden bewahren wollte, das die dicken Finger des Schulzahnarztes anrichten konnten.

Mein Zahnarzt steht mit hinter seinem Rücken verschränkten Armen am Fenster. Die Maschine, die den Schleim aus meinem Mund saugt, faucht und gurgelt. Als ich meinen Kopf wende, so gut es geht, und meine Augenbälle in den Winkel drücke, sehe ich, wie mein Zahnarzt seine Nase an die kühle Scheibe drückt und aushaucht und einen Schritt zurückmacht, um die Form seines kondensierten Atems zu studieren. Es ist ein Gesicht des Todes. Schnell wende ich meinen Kopf wieder und schaue geradewegs in das gleissende Licht über mir. Es faucht und gurgelt. Dann sagt er mit ruhiger leiser Stimme zu niemandem bestimmten: «Manchmal würde ich gerne den Bettel hinschmeissen. Ein Jahr weg. Um die Welt reisen. Einfach alles stehen lassen.»

Ich gebe – mein Mund steht ja schon offen – irgendwelche Laute von mir. «Einfach alles stehen lassen», sagt er nochmals, «eine Weltumsegelung.» Er wendet sich wieder dem Raum zu, kommt geräuschlos über den Teppich zu mir, beugt sich über mich und steckt seine Finger zusammen mit einem bizarren, kalten Metallinstrument mit einem verzwickten Haken am Ende in meinen Mund, der fast so weit aufgerissen ist wie meine Augen. «So», sagt er, «jetzt wird es ein bisschen wehtun.»

Erschienen im Magazin am 1. Dezember 2001.

Richard Reich Christoph Schuler Katja Alves Banz Fredli Jean-Luc Wicki Linus Reichlin iuinu Hans Georg Hildebrandt Gisela Widmer Max Küng **Ernst Solèr** Thomas Widmer

Auch Kleingeld macht reich

Ich liege am Strand, lasse den Sand durch die Finger rieseln und schaue ins Blaue hinaus. Ein gebeugter Metalldetektor-Mann schlurft vorbei und sucht im Sand nach verlorenen Geldstücken. Münzen können ja schnell mal in den Sand purzeln, insbesondere beim zunehmend um sich greifenden Umkleideklamauk unter umgebundenem Badetuch. Tatsächlich piepst das Suchgerät alle paar Meter, und der Mann stochert im Sand herum und klaubt eine Metallscheibe auf. Ein verarmter menorcinischer Landarbeiter, zu alt, um als solcher zu wirken? Mitnichten, der Mann heisst Meier und kommt aus dem Aargau, sein Geldsuchgerät hat er im lokalen Supermarkt erstanden.
«Auch so viel verloren an der Börse?», frage ich ihn. «Eigentlich such ich meinen Hotelschlüssel!», antwortet er zerknirscht. «Aber ich finde nur Geld!» «Schlimm, schlimm!», sage ich, und schon piepst es wieder, und ein Euro-Stück aus Belgien wird ans Tageslicht gefördert. «Sehen Sie», sagt Detektor-Meier. «Wieder nur ein halber Euro!» Er wirft die Metallscheibe in ein leeres Nutella-Glas und macht sich auf zur nächsten Runde.
Ich lasse mich wieder auf meinem Tuch nieder und versinke, durch die Begegnung aufgerüttelt, in tiefsinnige Gedanken über Geld. Solche hatte ich zuvor weitestgehend verdrängt. Klar, ab und zu lass ich ein paar Euro aus dem Bancomaten raus und investiere sie in sichere Gegenwerte wie menorcinischen Gin oder in ein Höhenangst-Erlebnis am motorbootgezogenen Gleitschirm.
Dinge wie Aktien sind hingegen weit, weit weg von mir. Wohin sich mein Depot entwickelt hat, ist mir momentan so egal wie unbekannt. Detektor-Meier schlurft heran. «Reiche Beute», sagt er, und präsentiert mir ein silbernes Feuerzeug. Ok. Morgen kauf ich mir auch so ein Teil. Ich habe schon schlechter investiert.

Erschienen in Cash am 30. August 2002

Jubeln über den Crash

Kann dieser elende Kleinreich eigentlich nur über seine Aktienverluste jammern? Oder hat er sonst noch was drauf? Das fragt sich möglicherweise der eine oder andere Leser nach dem larmoyanten Gesülze der letzten Wochen in dieser Spalte. Die Frage ist mehr als berechtigt. Irgendwann muss das Gejammer aufhören, schliesslich hat mich niemand gezwungen, all diesen Schrott zusammenzukaufen.

Nur ist Jammern ein Urbedürfnis des modernen Menschen. Und die einzige Alternative ist angesichts meines abgeschmierten Depots das Fluchen, welches aber gemäss meiner Freundin schlecht für meine Cholesterinwerte sein soll.

Frohlocken wir also! Seien wir froh, dass der Börsenmoloch unser Geld vernichtet hat, bevor wir damit ein Ferienhaus in einem schattigen Bergdorf kaufen konnten, welches uns nur Ärger bereitet hätte. Seien wir glücklich, dass wir kein Geld mehr für neue Wohnwände oder teure Geburtstagsgeschenke an die Verwandtschaft ausgeben können. Geniessen wir, dass uns die Kohle für üppiges Essen und Trinken abgenommen wurde und wir also nicht fettsüchtig werden. Seien wir stolz drauf, dass unser Geld nicht in Luxusgüter geflossen ist, sondern den Börsenbach runter. Wer braucht schon Luxus? Wer will Geld in einem aufgeblasenen Depot, das sie uns ohnehin wegnehmen, sobald sie uns ins Altersheim gekarrt haben?

Wie viel schöner ist es, dannzumal sagen zu können: Ja, ich war dabei. Ich habe mitgemacht und mich von meinem Geld getrennt. Auf eine schmerzhafte, aber effektive Weise. Weil es letztlich im Leben nicht um Geld geht. Andere mussten auf einem Nagelbrett schlafen, um zu dieser Erkenntnis zu kommen, Urschreitherapien und Fussmalkurse besuchen, um zu sich selbst zu finden. Dagegen machten die Börsenverluste doch richtig Spass!

Erschienen in Cash am 9. August 2002

Nicht unter 30!

Ist der Zug zum geruhsamen Lebensabend in Wohlstand und Frieden bereits auf Nimmerwiedersehen vorbeigerauscht? Wer einschlägige Wirtschaftspublikationen liest, könnte es zuweilen meinen. Da wird chronisch der Eindruck wachgerufen, wer sich nicht schon seit dem Spriessen der ersten Schamhaarstoppeln eisern an einen harten Sparplan halte, sei praktisch schon verloren. Man könne nicht früh genug mit Sparen beginnen, so das gebetsmühlenartig wiederholte Dogma der Finanzpresse; die Zeit läuft, das Alter naht, die Armut droht. Am besten schon das Kindergarten-Sackgeld in einen Fondssparplan investieren! In den Schulferien arbeiten gehen und das Geld anlegen. Als Jugendlicher keinesfalls sinnlos durch Asien gondeln oder zwei Jahre als House-Sängerin verplämpern. Sondern arbeiten, weiterbilden, Karriere planen! Und vor allem: sparen! Von Anfang an! 500 Franken auf die Seite jeden Monat, sonst wirds nix! Sonst gibts kein Einfamilienhäuschen später, und eine Segeljacht und einen Bösendorfer-Flügel schon gar nicht.

Alles ein wenig übertrieben. Sicher ist es sinnvoll, sich Gedanken über Wege zur finanziellen Sicherheit zu machen, bevor Gevatter Altersgebrechlichkeit an die Blockwohnung klopft oder der Mann vom Amt wissen will, wofür wir die Zusatzrente eigentlich brauchen. Aber ein bisschen länger könnte man die Menschen schon vom Spardruck verschonen. Es reicht doch, wenn man mit 30 mit Sparen beginnt, oder? Denn superreich werden wir ohnehin nicht. Nicht mit Sparen jedenfalls. Klar kann es zum Millionär schaffen, wer sich diszipliniert an einen Sparplan hält (und früh beginnt!); für das Einfamilienhaus, die Segeljacht UND den Bösendorfer-Flügel reichts aber trotzdem nicht. Noch schlimmer: Vielleicht sterben wir gar, bevor wir vom Sparplan profitieren können. Dann ginge der ganze Sparbatzen an das Wohlstands-Einzelkind, das einzige, das vor lauter Sparstress gezeugt werden konnte! So weit sollte es wirklich keinesfalls kommen! In Abwandlung eines Leitspruchs der Beat-Generation sei daher allen zugerufen: «Spar niemals unter 30!» Und den PR-Leuten, die all die tollen Sparprodukte hochglänzend loben und preisen: «Lasst Gnade walten mit den Jungen, lasst sie noch ein bisschen leben, vor Alter 30 macht Sparen wirklich keinen Spass.»

Möglicherweise auch nachher nicht. Ich jedenfalls bin schon 42 und spare trotzdem nicht, beziehungsweise nicht mehr. Das Börsendesaster der letzten zwei Jahre führte mir drastisch vor Augen, dass ich mein Geld weiss Gott lieber Lust bringend verjubelt hätte, als zerknirscht mit anzusehen, wie es im Börsen-Reisswolf zerschreddert wurde.

Vor kurzem habe ich daher mit Sparen aufgehört und, glauben Sie mir, es geht mir besser! Am Ende mag ich vielleicht der Dumme sein, aber andererseits lässt es sich mit der Schweizer AHV auf 90 Prozent der Erdoberfläche durchaus blendend leben. Aber gut, sollen sie ruhig weitererklären, wie ich sparen könnte, falls ich wollte. Vielleicht flammt meine Sparlust ja eines Tages wieder auf. Mittellos über die 65-Jahre-Grenze zu taumeln kann ja auch kein prioritäres Ziel sein. Bis mich der Sparteufel allerdings wieder fest in seinen Klauen hält, brauche ich mein Geld zum Leben.

Erschienen in Cash Value, Oktober 2002

Rauchen nützt dem Depot

Als Bistrobesitzer wird man natürlich mit manchem konfrontiert: mit zusammenbrechenden Bankern, kläffenden Hunden, philosophierenden Rockgitarristen. Und alle Jahre taucht wieder ein «Rauchen ist des Teufels»-Gesundheitskrieger auf, der mich dazu überreden will, das Rauchen, die schrecklichste Unsitte nach dem Sex, in meinem Lokal doch bitte zu verbieten.

Neueste Studien zeigten, dass die Restaurantumsätze in den USA, wo das Rauchen in Lokalen teilweise total verboten ist, nicht zurückgegangen seien. Gut, sag ich dann, aber was ist mit den Studien, die sagen, dass trotzdem wieder mehr Amerikaner rauchen? Was sagen Sie dazu, dass das nahezu rauchfreie Singapur als eine der langweiligsten Grossstädte der Welt gilt und unser ganzes Sozialsystem auf den Rauchern aufgebaut ist?

Nun, natürlich wollen das die Leute auf ihrem Kreuzzug gegen das Reich des bösen Rauchens nicht hören. «Ausserdem besitze ich Philip-Morris-Aktien», muss ich dann als letztes Mittel sagen, «und sie gehören zu den besten, die ich je hatte. Allein die Dividendenrendite ists schon wert.»

«Geld, immer nur Geld», wird mir dann mitleidig entgegnet, «wann merkt ihr endlich, dass man Geld nicht essen kann?» Der berühmte Spruch also, der den Indianern am rauchenden Lagerfeuer nach ein paar Friedenspfeifen in den Sinn kam.

Nun, dass man Geld nicht essen kann, habe ich schon als Kleinkind erfahren. Dass man ein bisschen Rauch in der Bar überlebt, ein paar Jahre später. Und dass Tabakaktien gut rentieren, leider wieder mal zu spät. Am Anfang war das Feuer, heisst es, und zumindest in meinem Lokal wird es weiterglimmen.

Erschienen in Cash am 28. März 2002

Her mit den Bieraktien!

«Südkoreanische Bieraktien», sagt einer meiner Stammgäste ungerührt, als ich ihn nach Aktientipps frage. «Südkoreanische Bieraktien?», wundere ich mich, «wieso das denn?» – «Fussball-WM», antwortet der Kollege. «Engländer! Deutsche! Polen!» «Aha», sage ich verunsichert und rufe meinen mit Bier handelnden Cousin an. «Gibts», beantwortet dieser meine Frage nach südkoreanischem Bier. «Hite heisst der grösste Brauer. Schmeckt eigen, kann aber bei Durst als Bier durchgehen. Carlsberg hat seinen Anteil eben auf 25 Prozent erhöht.» Schluck! Bin ich wieder mal zu spät? Trinkt irgendwer mehr als englische Fans? Wissen die Südkoreaner von ihrem Glück? Ich wate knietief durchs Internet. Was ich sehe, lässt meinen Puls höher rasen: Aktienkurs in Jahresfrist verdoppelt! Bierabsatz während WM 1998 in Frankreich explodiert! Kaum Konkurrenz für Hite!

Ich kann vor Aufregung schlecht schlafen und wähle frühmorgens die Nummer meines Bankberaters. «Herr Kleinreich!», versucht er mich zu bremsen, «erinnern Sie sich an Ihre peruanischen Goldminenaktien? Oder die slowenische Bergbahn? Auch da sprachen Sie von todsicheren Tipps.» Ich lasse mich nicht beirren. Bald sind 50 Hite-Aktien mein.

Grinsend stehe ich am Abend im Bistro. Endlich rechtzeitig zugeschlagen! Am Nachmittag habe ich beim Cousin bereits 50 Hite-Kisten bestellt, um sie während der WM exklusiv zu verkaufen. Als der Stammgast reinschaut, kann ich mich kaum zurückhalten. «Ich habe sie», sage ich, «50 Hite-Aktien für rund 4000 Franken!» Stirnrunzelnd schaut er mich an. «Hoffen wir, dass die Engländer und die Deutschen die Vorrunde in Japan überstehen.» «Japan?», stammle ich. «Ja», sagt er, «nur wenn sie die erste Runde überstehen, spielen sie in Südkorea.» Aha. «Aber wenn du mal ein Hite hier hast, versuch ichs gern.» Immerhin.

Erschienen in Cash am 1. Februar 2002

Richard Reich Christoph Schuler Katja Alves Binz Friedli Jean Luc Wicki Linus Reichlin mimi Hans Georg Hildebrandt Gisela Widmer Max Küng Ernst Sohr **Thomas Widmer**

Die trockene Gefahr

Mein Schlüssel-Erlebnis in Sachen Panettone hatte ich letzten Dezember, als mein Zug, von Mailand her kommend, gegen fünf Uhr nachmittags in Lugano einfuhr. Ich hatte mich gemütlich im Abteil eingerichtet und machte mich darauf gefasst, die Leute auf dem Perron um einen Sitzplatz kämpfen zu sehen. Denn es war Sonntag, da fährt morgens alles von Norden her über den Gotthard und abends von Süden her alles wieder nach Hause. In der Tat wartete eine ansehnliche Menge mürrischer Menschen auf dem Perron. Viel eindrücklicher war etwas anderes. Ein Heer kleiner, doch stämmiger Soldaten, die einen in hellblauer, die anderen in rosaroter Uniform, stand am Rand des Perrons Spalier. So alle zweieinhalb Meter einer. Massen von Panettone-Schachteln, treu ihre Käufer und Besitzer flankierend.
Invasion des Panettone. Jede Weihnachtszeit geht sie neu vonstatten. Unter unzähligen Christbäumen des Landes warten die Schachteln, werden dann, Zeitbomben der Trockenheit, mit süsslicher Miene überreicht. Freut sich der Beschenkte? Selten. Wer mag den Panettone? Niemand, den ich kenne. Wer hasst kandierte Früchte? Alle. Kein Wunder, stehen jedes Jahr nach Weihnachten einige euphorisch angeschnittene, enttäuscht aufgegebene, einsam und unbeachtet dem Nichts zubröselnde Exemplare in der Redaktions-Cafeteria. Denn das ist das Wesen des Panettone: Er ist dazu verdammt, nicht geliebt zu werden. Wird oft gar nicht aus seinem Schächtelchen befreit, geschweige denn gegessen und als Genuss geschätzt. Wird vielmehr verstossen. Bis in alle Ewigkeit. Bis zu den Verwandten dritten Grades.
Macht mal den Test, ihr Panettone-Forscher dieser Erde! Nehmt euch die Ornithologen zum Vorbild, die Vögel mit Funksendern markieren und die Wege dieser Vögel gespannt beobachten. Markiert also die Panettoni ebenso und verfolgt in den nächsten Wochen ihre Routen. Ihr werdet finden: Wirre Zickzack-Linien

quer durchs Mittelland. Irrationale Verschiebungsmuster vom einen Kanton in den anderen. Wochenlange Stagnationsphasen, jeweils gefolgt von der letzten kurzen Bewegung, die sich als Mülltransporter-Fahrt entpuppt. Selten nur erlischt ein Funksignal abrupt, weil der Trägerpanettone gegessen wurde. Das gibt zu denken. – Doch nicht nur der Panettone beschäftigt mich, sondern auch sein Bruder im Norden. Von Deutschland her fallen in letzter Zeit grössere Gruppen von Christstollen in unser armes Mittelland ein. Verursachen hier perfiden Durst. Fürwahr, ein höllischer Zangenangriff!

Erschienen in Facts am 23. Dezember 1999

Geliebter Stosstrupp

Salzmandeln sichern meine linke Flanke. Jetzt noch die Coladose entsichert und das Telefon ausser Gefecht gesetzt, dann kanns losgehen. Am Anfang ist meist die hübsche Tochter eines hohen US-Offiziers irgendwo im namenlosen Südostasien oder Südamerika. Die wird jetzt von demonstrativ unrasierten, irgendwie marxistischen Terroristen verschleppt. Gern auf irgendeine Felsenfestung mitten im Dschungel, ein Matterhorn der Subversion. Dort wartet schon ein Bambuskäfig auf die Schöne. Beim Verhör, während sie dekorativ ihre Bluse durchschwitzt, drückt ihr einer der Banditen seine Pistole an die Schläfe. «Ten days and you will be executed!» Süsser Stosstruppfilm. Auf meinem Lieblingssender Kabel 1 gibts ihn regelmässig. So gehts normalerweise weiter: Der supertoughe Colonel, ein Freund des Vaters, stellt aus allerlei militärischen Individualisten, die entweder Urlaub von der Legion haben, den Kommunisten den Verlust von Vietnam immer noch nicht verziehen haben oder wegen Totschlags im Gefängnis sitzen, in einem harten Ritual eine schlagkräftige Truppe zusammen. Nie mehr als ein Dutzend Männer. Ich mache mir in dieser Phase Notizen und rate, wer die Mission überleben wird. Der Narbige? Dürfte im Mittelfeld draufgehen. Der Mexikaner? Könnte es bis zum Schluss machen. Der Feigling? Sollte mich wundern, wenn der nicht sofort dran glauben muss. Und tatsächlich verliert er bei der ersten Feindberührung die Nerven, flieht in Panik und stürzt in eine mit Holzspeeren gespickte Fallgrube.

Die anderen ziehen weiter, werden allerdings mit hoher Frequenz von Vipern und Heckenschützen dezimiert. Schliesslich erklettert der, von dem man inzwischen ahnt, dass er der Held ist, fast oder ganz allein den Horrorfelsen, serviert mit einer Hightech-Armbrust alle Wachen ab, fliegt die Schöne, die eben zur Hinrichtung geführt wird, mit einem aufklappbaren Tandemdeltasegler aus und heiratet sie in ordensübersäter Uniform. Stosstruppfilm, ich liebe dich, du bist immer gleich.

Das Fernsehen wirkt aufs Leben. Die Tochter eines Kollegen hat zu viele deutsche Fiftiesfilme gesehen und gleicht sich immer mehr Conny Froboess an. Ich meinerseits sehe mittlerweile überall Stosstrupps. Meine Maturklasse, von der mir die meisten Freunde abhanden gekommen sind. Den stressigen Journalistenjob, der seine Opfer fordert. Vielleicht das ganze Leben. Wobei ich da jeweils denke: Was genau ist eigentlich meine Mission? Wen sollen wir befreien? Und wo steckt, verdammt noch mal, der Colonel, der uns führen soll?

Erschienen in Facts am 4. März 1999

Käse-Stress

Fondue ist gemütlich. Sagt man. Auf dem Zürcher Üetliberg gibts fürs Fondue eine monumentale Holzbaracke. 50 betrunkene Skandinavier von irgendeiner Firma sind schon da, als du oben ankommst. Du und deine Freunde flüchten vor den Wikingern in den Nebenraum. Dort schwitzt ihr euch im T-Shirt zu Tode. Der Heizstrahler, den der kurdische Kellner angeworfen hat, ist so gross wie das Triebwerk einer Boeing 747. Der heisse Wind aus dem Ding ähnelt fatal dem algerischen Wüsten-Chamsin.

Fondue ist gemütlich. Sagt man. Du sitzt in Bern in der Beiz und rührst im Zeitlupentempo den Käse um. Schneller geht nicht. Denn Fondue ist freundeidgenössische Kameraderie, Fondue ist helvetischer Gemeinschaftsgeist, Fondue ist einvernehmliches Teilen der Nahrung. Nur schwant dir leider, dass nicht genug Käse in der Pfanne ist und nicht genug Brot auf dem Teller. Also versuchst du, die andern vom Essen abzulenken. Mit harmlos klingenden Fragen. «Hey, kleiner Wettbewerb! Wer von euch kann mir zehn berühmte Dänen aufzählen?» Die anderen grübeln. Du gehst mit der Gabel voll ran.

Fondue ist gemütlich. Sagt man. Bist du wieder zu Hause, musst du all deine Kleider bis zur nächsten Wäsche auf dem Balkon lagern, musst dann gründlich duschen und hernach die ganze Nacht lang aufstossen. Das Ritual riecht. Und doch gibts Leute, die können nicht ohne Fondue durch den Winter. Miguel etwa. Im Zürcher Kreis vier sitzt er mutterseelenallein am Beizentisch. Rührt im Einpersonen-Caquelon. Miguel, was ist dir passiert? Wo ist Tina geblieben? «Sie hat mich verlassen», sagt Miguel. Tragischer Fall. Ein Stigmatisierter. Wie seinerzeit der Pfahlbauer, der aus dem Dorf ausgestossen wird. An keinem Herd mehr geduldet ist. Sippenlos im Wald eine Bärenkeule brät.

Fondue ist gemütlich. Sagt man. Zwei Tage vor dem Fondue-Treffen ruft mich Markus an. Und erkundigt sich eingehend nach meiner Gesundheit. «Du klingst heiser», sagt er besorgt. Markus ist sonst doch gar nicht so einfühlsam. Ich bin gerührt. Bis ich begreife: Markus ist Hypochonder. Markus macht sich Sorgen. Nicht um mich. Sondern um sich selber. Und dass ihn jemand anstecken könnte. Fondue weckt bei ihm Bazillenangst. Am Fondue-Abend selber wirkt Markus dann aber ganz gelöst. Eng ist es am Tisch, gut ist die Stimmung, ausgelassen geht es zu und her. Und laut. Und so fällt gar nicht auf, wie sich Markus einmal übers Caquelon beugt und nach einem Weissbrot-Brocken fischt, der ihm von der Gabel gefallen ist. Wobei ihm ein dicker Nasentropfen in die Pfanne glitscht. «Ich glaub, ich bekomme eine Grippe», sagt Markus wenig später fröhlich.

Erschienen in Facts am 15. Februar 2001

«Was weiss ich eigentlich über Chur?» Diese Frage stellte ich mir, als ich angefragt wurde, für das «Marsöl-Magazin» eine mehrteilige Kolumne über Chur zu schreiben. Schnell musste ich feststellen, dass ich meine Heimatstadt und ihr wahres Wesen schlecht kannte. Zufällig stiess ich im Antiquariat von Walter Lietha nämlich auf ein okkultes Buch, in dem das wahre Wesen von Chur enthüllt wird: Chur ist eine riesige Wesenheit, die in der Lage ist, Nahrung aufzunehmen, zu wachsen und sich fortzupflanzen. So abstrus mir diese Theorie zu Beginn vorkam, so plausibel erscheint sie mir mittlerweile.

Churs Dickdarm

Erster Beweis: ein tief aus der Erde dringendes OMMMMM, das man zum Beispiel auf dem Kornplatz hören kann. Dieser Ton stammt aus dem Dickdarm Churs. Dieser ist 5 Kilometer lang und beschreibt unterirdisch in kompliziert gewellter Form den Weg Bahnhofstrasse - Poststrasse - Kornplatz - Obere Gasse - Martinsplatz. Dort orten die Okkultisten den Mastdarm, der sich bis hinauf zur Kantonsschule erstreckt und dort in Gestalt eines riesigen Loches abrupt endet.

Sie werden es erraten haben: Bei diesem Loch handelt es sich um den After Churs (an dieser Stelle wird denjenigen unter Ihnen, die wie ich Schüler an der Kantonsschule waren, sicher einiges klar geworden sein).

Im Dickdarm wohnen grosse weisse Blutkörperchen, die alle aussehen wie der allseits bekannte und beliebte, leider mittlerweile pensionierte Stadtpolizist Erich Nüesch. Sie müssen dafür sorgen, dass die Nahrung auf dem richtigen Weg bleibt, und greifen mit eiserner Hand durch, wenn ihnen etwas verdächtig vorkommt. Merke: Auch im Dickdarm gilt Rechtsvortritt, und es darf nicht gekifft werden! Die Dickdarmpolizisten tragen alle weisse Roben, auf die ein grosses Auge gestickt ist, und singen den ganzen Tag im Chor: «Es ist leichter, dass ein Kamel durch ein Nadelöhr gehe, als dass ein Reicher ins Reich Gottes komme.» Ziemlich mystisch, finden Sie nicht?

Churs Hirn

Jede Wesenheit, die essen und sich fortpflanzen kann, ist im Besitz eines Hirns, wage ich jetzt einmal zu behaupten. Das Hirn ist ein relativ wichtiges Organ, allerdings interessanterweise nicht immer proportional zu den Dimensionen seines Besitzers. Jenes der Dinosaurier soll ja zum Beispiel ganz klein gewesen sein, so gross wie ein Daumennagel.

Churs Hirn ist ein bisschen grösser, aber leider nicht viel. Konkret hat es die Grösse eines Blumenkohls. Aber wo befindet es sich? Die okkulten Schriften schweigen sich darüber aus. Die verhüllten Meister des geheimen Wissens wollen das Hirn Churs unter Verschluss halten und der Öffentlichkeit weismachen, es existiere überhaupt nicht.

Aber: Il existe quand même! Und zwar betritt es jeden Abend, in der Regel kurz vor 23 Uhr, die ***-Bar, wo es sich so viele Stangen genehmigt, bis es sich nicht mehr auf dem Hocker halten kann. Dann versucht es erfolglos, ein paar scharfe Bräute abzuschleppen, bevor es laut pöbelnd durch die Stadt zieht. «No Scherba, no Pipi, no Problem» (ein Satz, den ich nach wie vor für einen Geniestreich halte) – für Churs Gehirn gilt das nicht! Gewöhnlich legt es auf dem Regierungsplatz noch eine «Pizza», bevor es durch ein Loch im Asphalt wieder in den rätselhaften Untergrund abtaucht.

Churs Geschlechtsteile

Jetzt wird es ein bisschen heikel. Wir sprechen nämlich von Churs Geschlechtsteilen. Darum muss ich alle Zuhörer unter 16 Jahren bitten, die Ohren sofort zu verschliessen, wenn sie nicht bleibenden Schaden an ihrer Seele nehmen wollen.
Für alle anderen enthülle ich jetzt ein gut gehütetes Geheimnis: Chur ist männlich.
Zwar wurde Churs Hodensack beim Stadtbrand von 1464 vollständig zerstört, Churs Penis hingegen konnte sich vor den Flammen retten und existiert bis auf den heutigen Tag. Und zwar lebt er in einer 1-Zimmer-Wohnung im Welschdörfli. In schlaffem Zustand misst er 3,75 Meter, in erigiertem Zustand ist er letztmals im 8. Jahrhundert beobachtet worden, da soll er über 60 Meter hoch gewesen sein.
Churs Penis führt ein einsames, zurückgezogenes Leben, wenige wollen etwas mit ihm zu tun haben, was damit zusammenhängen mag, dass er sich seit 5000 Jahren nicht mehr gewaschen hat. Einsam und verrunzelt hockt er in seiner Wohnung und schaut fern, am liebsten mag er den «Zischtigs-Club» auf SF DRS. Er ist ein grosser Fan von Ueli Heiniger, seine kritische Art imponiert ihm. Zwei oder dreimal im Jahr kriegt er Besuch von befreundeten Schwänzen aus Wallisellen und Rorschach und einem traurigen Seckel aus Mels. Die Geschichte von Churs Schwengel – es ist eine traurige Geschichte. Gehen Sie ihn doch mal besuchen, er würde sich bestimmt riesig freuen!

Churs Seele

Die Seele ist kein Körperteil, gehört aber doch irgendwie «dazu». Schon die alten Griechen waren dieser Meinung. Bis heute hat man nicht herausgefunden, aus was für einem Stoff die Seele besteht oder wo im Körper sie zu lokalisieren ist.
Im Falle von Chur ist die Sache klar: Churs Seele ist der Media-Markt an der Raschärenstrasse 65. Dort gibt es alles, was das Herz begehrt! Dort bin ich mich selbst, dort bin ich meines Lebens froh!
Immer, wenn mich Chur-unkundige Bekannte bitten, ihnen den schönsten Ort in Chur zu zeigen, fahre ich mit ihnen raus zum Media-Markt. Alle sind immer tief beeindruckt.
Jahrtausendelang war Churs Seele verschüttet. An dem Ort, wo heute der Media-Markt steht, wurden vor 7000 Jahren geheime Riten durchgeführt und massenhaft Jungfrauen geopfert, und zwar Seruchat, dem Gott der Unterhaltung. Und die Opfer haben sich gelohnt! Die tollsten Videos gibt es im Media-Markt, für ganz wenig Geld. Für nur 9 Franken 90 habe ich mir letzthin den grandiosen Film «Der Zombie hing am Glockenseil» gekauft. Schon Dutzende Male habe ich ihn mir angeschaut, und musste dabei immer voller Dankbarkeit an meine Heimatstadt denken.
Im Media-Markt komme ich mir wie in Amerika vor. Der Media-Markt ist für mich das Reich der unbegrenzten Möglichkeiten. All die technischen Geräte, die es dort gibt – schlicht atemberaubend! Obwohl ich in meinem Leben wahrscheinlich nie einen elektrischen Fussnagelschneider brauchen werde – allein das Wissen, dass es so ein Ding im Media-Markt gibt, ist unglaublich wohltuend und beruhigend. Im Media-Markt atmet Chur Grösse und Majestät. Möge er noch lange bestehen!
Alle Kolumnen im seit Januar 2002 Marsöl-Magazin erschienen.

Kanon on Demand

Der Kolumnist, das beweist der vorliegende Band, ist ein Causeur, ein Flaneur und ein Schwadroneur. Der Beweis? Am Ende dieses Textes bekommt der Leser eine interessante Information, die er mit der Lektüre von kolumnistischer Causerie etc. erdauern muss. «Halt, der Kolumnist ist auch ein Märtyrer!», erklingt ein Zwischenruf aus dem zahlreich, aber im Schweinwerferlicht leider unsichtbar anwesenden Fachpublikum.
«Ein Mehrtürer ist für Kolumnisten nur nötig, wenn sie Familie haben. Kolumnistische Alltagsbeobachtungen emigirieren dann aus dem Gebiet des Generationen-Elends und der Handy-Kritik nach Regionen, die von Monstern besiedelt sind, die in Polsterzwischenräumen leben und übel nach mehrere Wochen alten Käsebroten stinken!», doziere ich ins Dunkel. «Ich persönlich fahre gerne Coupés, aber eben», versuche ich den kolumnistischen Sound wieder aufzunehmen, rücke die Brille mit einer Harald-Schmidt-Geste zurecht und lese weiter, wo ich mich habe ablenken lassen vom Thema: Was sollte man gelesen haben, ich meine, ausser Kolumnen? Besonders in Zeiten, da Herr Ranicki mit dem Kanon auf die Spatzen schiesst, die wir ja sind? Und jetzt die eingangs versprochene Information: Das Buch der Kolumnisten wurde im «Book on Demand»-Verfahren produziert. Es ist dies eine geniale Sache, weil es sehr schnell geht – wir stellten dieses Buch in gerade mal drei Wochen her – und weil es günstig ist.
Sollten wir über die Erstauflage hinaus mehr Bücher benötigen, lassen wir sie in kleinen Zahlen herstellen, auch das ist einfach und kostet banal wenig. Jeder kann das! Und jeder kann mit BoD Bücher herstellen, die man gelesen haben muss. Man macht sich einfach seinen eigenen geilen Kanon! Und Sie können das auch.
Ich möchte mich im Namen aller Kolumnisten für die Hilfe und den Einsatz von Books on Demand Schweiz herzlich bedanken.

Das Buch der Kolumnisten
1. Auflage 1000 Exemplare
© für die einzelnen Kolumnen bei den jeweiligen
Autorinnen und Autoren bzw. ihren Verlagen
Gestaltung: matadordesign.ch, Nina Thoenen, Zürich
Projektleitung und Produktion: Hans Georg Hildebrandt, Zürich, hg@hildebrandt.ch
Korrektorat: Dela Hüttner
Herstellung: Books on Demand, Zürich
2003, Hans Georg Hildebrandt, Zürich
ISBN 3-0344-0020-9
Besten Dank: Bruno Bencivenga, Adrian Erni, Pat Del Fatti, Anne Rüffer, Mathias Schröder